DISCOURS DE RÉCEPTION

DE

M. LECONTE DE LISLE

RÉPONSE

DE

M. ALEXANDRE DUMAS FILS

PARIS

TYPOGRAPHIE GEORGES CHAMEROT

19, RUE DES SAINTS-PÈRES, 19

DISCOURS DE RÉCEPTION

DE

M. LECONTE DE LISLE

RÉPONSE

DE

M. ALEXANDRE DUMAS FILS

DIRECTEUR DE L'ACADÉMIE FRANÇAISE

PARIS

LIBRAIRIE ACADÉMIQUE DIDIER

PERRIN ET Cᶦᵉ, LIBRAIRES-ÉDITEURS

35, QUAI DES AUGUSTINS, 35

DISCOURS DE RÉCEPTION

DE

M. LECONTE DE LISLE

RÉPONSE

DE

M. ALEXANDRE DUMAS FILS

DIRECTEUR DE L'ACADÉMIE FRANÇAISE

PARIS

LIBRAIRIE ACADÉMIQUE DIDIER

PERRIN ET Cⁱᵉ, LIBRAIRES-ÉDITEURS

35, QUAI DES AUGUSTINS, 35

—

1887

Tous droits réservés

DISCOURS DE RÉCEPTION

DE

M. LECONTE DE LISLE

Messieurs,

En m'appelant à succéder parmi vous au Poète immortel dont le génie doit illustrer à jamais la France et le XIXe siècle, vous m'avez fait un honneur aussi grand qu'il était inattendu. Cependant, au sentiment de vive gratitude que j'éprouve se mêle une appréhension légitime en face de la tâche redoutable que vos bienveillants suffrages m'ont imposée. Il me faut vous parler d'un homme, unique entre tous, qui, pendant soixante années, a ébloui, irrité, enthousiasmé, passionné les intelligences, dont l'œuvre immense, de jour en jour plus abondante et plus éclatante, n'a d'égale, en ce qui la caractérise, dans aucune littérature ancienne ou moderne, et qui a rendu à la poésie française, avec plus de richesse, de vigueur et de certitude, les vertus lyriques dont elle était destituée depuis deux siècles. Ma profonde admiration suppléera, je l'espère, à la faiblesse de mes paroles.

Messieurs, l'avènement d'un homme de génie, d'un grand poète surtout, n'est jamais un fait spontané sans rapports avec le travail intellectuel antérieur; et s'il arrive parfois que la Poésie, cette révélation du Beau dans la nature et dans les conceptions humaines, se manifeste plus soudaine, plus haute et plus magnifique chez quelques hommes très rares et d'autant vénérables, une communion latente n'en relie pas moins, à travers les âges, les esprits en apparence les plus divers, tout en respectant le caractère original de chacun d'eux. Si la nature obéit aux lois inviolables qui la régissent, l'intelligence a aussi les siennes qui l'ordonnent et la dirigent. L'histoire de la Poésie répond à celle des phases sociales, des événements politiques et des idées religieuses; elle en exprime le fonds mystérieux et la vie supérieure; elle est, à vrai dire, l'histoire sacrée de la pensée humaine dans son épanouissement de lumière et d'harmonie.

Aux époques lointaines où les rêves, les terreurs, les passions vigoureuses des races jeunes et naïves jaillissent confusément en légendes pleines d'amour ou de haine, d'exaltation mystique ou héroïque, en récits terribles ou charmants, joyeux comme l'éclat de rire de l'enfance ou sombres comme une colère de barbare, et flottant, sans formes précises encore, de génération en génération, d'âme en âme et de bouche en bouche; dans ces temps de floraison merveilleuse, des hommes symboliques sont créés par l'imagination de tout un peuple, vastes esprits où les germes épars du génie commun se réunissent et se condensent en théogonies et en épopées. L'humanité les tient pour les révélateurs antiques du Beau et immortalise les noms d'Homère et de Valmiki. Et l'humanité a raison, car tous les éléments de la Poésie universelle sont contenus dans ces poèmes sublimes qui ne seront jamais oubliés.

Les grands hommes de race homérique, Eschyle, Sophocle, Euripide, inaugurent bientôt, à l'éternel honneur de la Hellas, le règne des génies individuels; Aristophane écrit ses comédies où la satire politique, sociale et littéraire, l'esprit le plus aigu, le plus souple, le plus original et souvent le plus cynique, s'illuminent de chœurs étincelants; les purs lyriques abondent, et l'inspiration hellénique devient l'éducatrice du monde intellectuel latin. Puis, les races vivent, luttent, vieillissent; les langues se modifient, se corrompent, se désagrègent; d'autres idiomes naissent d'elles, informes encore, et finissent par se constituer lentement.

Après les noires années du moyen âge, années d'abominable barbarie, qui avaient amené l'anéantissement presque total des richesses intellectuelles héritées de l'antiquité, avilissant les esprits par la recrudescence des plus ineptes superstitions, par l'atrocité des mœurs et la tyrannie sanglante du fanatisme religieux, notre pléiade française, au xvi° siècle de l'ère moderne, tente avec éclat un renouvellement de formes poétiques. Elle s'inquiète des chefs-d'œuvre anciens, les étudie et les imite ; elle invente des rythmes charmants ; mais sa langue n'est pas faite, le temps d'accomplir sa tâche lui manque, et il arrive que les esprits, avides d'une discipline commune, s'imposent bientôt d'étroites règles, souvent arbitraires, qu'ils tiennent à honneur de ne plus enfreindre. L'époque organique de notre littérature s'ouvre alors, très remarquable assurément par l'ordre et la clarté, mais réfractaire en beaucoup de points à l'indépendance légitime de l'intelligence comme aux formes nouvelles qui sont l'expression nécessaire des conceptions originales. Il semble que tout a été pensé et dit, et qu'il ne reste aux poètes futurs qu'à répéter incessamment le même ensemble d'idées et de sentiments dans une langue de plus en plus affaiblie, banale et décolorée. Enfin, Messieurs, à cette léthargie lyrique de deux siècles succède un retour irrésistible vers les sources de toute vraie poésie, vers le sentiment de la nature oubliée, dédaignée ou incomprise, vers la parfaite concordance de l'expression et de la pensée qui n'est elle-même qu'une parole intérieure, et la renaissance intellectuelle éclate et rend la vie à l'art suprême. C'est pourquoi la rénovation enthousiaste, dont Victor Hugo a été. sinon le seul initiateur, du moins le plus puissant et le plus fécond, était inévitable et due à bien des causes diverses.

En effet, les grands écrivains du xviiie siècle avaient déjà répandu en Europe notre langue et leurs idées émancipatrices ; ils nous avaient révélé le génie des peuples voisins, bien qu'ils n'en eussent compris entièrement ni toute la beauté, ni toute la profondeur ; ils avaient surtout préparé et amené ce soulèvement magnifique des âmes, ce combat héroïque et terrible de l'esprit de justice et de liberté contre le vieux déspotisme et le vieux fanatisme ; ils avaient précipité l'heure de la Révolution française dont un célèbre philosophe étranger a dit, dans un noble sentiment de solidarité humaine : « Ce fut une glorieuse aurore ! Tous les êtres pen- « sants prirent part à la fête. Une émotion sublime « s'empara de toutes les consciences, et l'enthou- « siasme fit vibrer le monde, comme si l'on eût vu « pour la première fois la réconciliation du ciel et « de la terre ! »

Victor Hugo naissait, Messieurs, au moment où notre pays, qui venait de proclamer l'affranchisse-ment du monde, s'abandonnait, dans sa lassitude, à l'homme extraordinaire et néfaste couché aujour-d'hui sous le dôme des Invalides, et qui allait ré-pandre à son tour, qu'il le voulût ou non, les idées révolutionnaires à travers l'Europe doublement conquise. Le Poète, de qui l'âme contenait virtuel-lement tant de symphonies multiples et toujours superbes, grandit au bruit retentissant des batailles épiques et des victoires dont le souvenir l'a hanté toute sa vie, en lui inspirant d'admirables vers ; tandis que le réveil des idées religieuses, sous la forme d'une résurrection pittoresque du catholicisme, d'une part, et, d'autre part, d'une poésie plutôt sentimentale que dogmatique, suscitait en lui l'admiration des merveilles architecturales du moyen âge et le goût inconscient de la Monarchie restaurée.

A vingt ans, Victor Hugo se crut donc royaliste et catholique ; mais la nature même de son génie ne devait point tarder à dissiper ces illusions de sa jeunesse. L'ardent défenseur des aspirations modernes, l'évocateur de la République universelle couvait déjà dans l'enfant qui anathématisait à la fois, en 1822, la Révolution et l'Empire, et chantait la race royale revenue derrière l'étranger victorieux. Destiné qu'il était à incarner en quelque sorte la conscience agitée de son siècle, à être comme le symbole vivant, comme le clairon d'or des idées ondoyantes, des espérances, des passions, des transformations successives de l'esprit contemporain, il devait, avec la même sincérité et la même ardeur, développer ses merveilleux dons lyriques, de ses premières odes à ses derniers poèmes, par une ascension toujours plus haute et plus éclatante. Il devait moins changer, comme on le lui a reproché tant de fois, qu'il ne devait grandir sans cesse, dans l'ampleur de sa puissante imagination et dans la certitude d'un art sans défaillance.

Quelles que soient, d'ailleurs, les causes, les

raisons, les influences qui ont modifié sa pensée, bien qu'il se soit mêlé ardemment aux luttes politiques et aux revendications sociales, Victor Hugo est, avant tout, et surtout, un grand et sublime poète, c'est-à-dire un irréprochable artiste, car les deux termes sont nécessairement identiques. Il a su transmuter la substance de tout en substance poétique, ce qui est la condition expresse et première de l'art, l'unique moyen d'échapper au didactisme rimé, cette négation absolue de toute poésie; il a forgé, soixante années durant, des vers d'or sur une enclume d'airain; sa vie entière a été un chant multiple et sonore où toutes les passions, toutes les tendresses, toutes les sensations, toutes les colères généreuses qui ont agité, ému, traversé l'âme humaine dans le cours de ce siècle, ont trouvé une expression souveraine. Il est de la race, désormais éteinte sans doute, des génies universels, de ceux qui n'ont point de mesure, parce qu'ils voient tout plus grand que nature; de ceux qui, se dégageant de haute lutte et par bonds des entraves communes, embrassent de jour en jour une plus large sphère par le débordement de leurs qualités natives et de leurs défauts non moins extraordinaires; de ceux qui cessent parfois d'être aisément compréhensibles, parce que l'envolée de leur imagination les emporte jusqu'à l'inconnaissable, et qu'ils sont possédés par elle plus qu'ils ne la possèdent et ne la dirigent; parce que leur âme contient une part de toutes les âmes; parce que les choses, enfin, n'existent et ne valent que par le cerveau qui les conçoit et par les yeux qui les contemplent.

Soumis encore aux formules pseudo-classiques dans ses premiers essais datés de 1822, Victor Hugo transforma complètement sa langue, son style et la facture de son vers dans ses secondes odes et surtout dans les *Orientales*. Sans doute, c'était là l'Orient tel qu'il pouvait être conçu à cette époque, et moins l'Orient lui-même que l'Espagne ou la Grèce luttant héroïquement pour son indépendance ; mais ces beaux vers, si nouveaux et si éclatants, furent pour toute une génération prochaine une révélation de la vraie Poésie. Je ne puis me rappeler, pour ma part, sans un profond sentiment de reconnaissance, l'impression soudaine que je ressentis, tout jeune encore, quand ce livre me fut donné autrefois sur les montagnes de mon île natale, quand j'eus cette vision d'un monde plein de lumière, quand j'admirai cette richesse d'images si neuves et si hardies, ce mouvement lyrique irrésistible, cette langue précise et sonore. Ce fut comme une immense et brusque clarté illuminant la mer, les montagnes, les bois, la nature de mon pays dont, jusqu'alors, je n'avais entrevu la beauté et le charme étrange que dans les sensations confuses et inconscientes de l'enfance.

Cependant, Messieurs, l'impression produite sur l'imagination vierge d'un jeune sauvage vivant au milieu des splendeurs de la poésie naturelle ne pouvait être unanimement ressentie à une époque et dans un pays où les vieilles traditions d'une rhétorique épuisée dominaient encore. La préface de *Cromwell*, ce manifeste célèbre de l'École romantique, avait excité déjà de violentes hostilités que les *Orientales* ne désarmèrent pas ; car nul poète n'a été plus attaqué, plus insulté, plus nié que Victor Hugo. Il est vrai que ces diatribes et ces négations ne l'ont jamais fait dévier ni reculer d'un pas. C'était un esprit entier et résolu, de ceux, très rares, qui se font une destinée conforme à leur volonté, et que les objections étonnent ou laissent indifférents, impuissantes qu'elles sont à rien enseigner et à rien modifier. Aussi, l'applaudissement qui salua l'apparition des *Feuilles d'automne* s'explique-t-il, moins par la beauté de l'œuvre que par le caractère intime, familial, élégiaque, d'une poésie aisément accessible au public et à la critique. De leur côté, les *Chants du crépuscule*, les *Voix intérieures*, les *Rayons et les Ombres* furent accueillis tour à tour avec un mélange d'éloges chaleureux décernés, comme d'habitude, aux parties sentimentales de ces beaux livres, et de reproches adressés à celles où l'émotion intellectuelle l'emportait sur l'impression cordiale. Rien de plus inévitable ; car, si nous admettons volontiers en France, pour articles de foi, et sans trop nous inquiéter de ce qu'ils signifient, certains apophtegmes, décisifs en raison même de leur banalité, tels que : la poésie est un cri du cœur, le génie réside tout entier dans le cœur ; nous oublions plus volontiers encore que l'usage professionnel et immodéré des larmes offense la pudeur des sentiments les plus sacrés. Mais Victor Hugo est un génie mâle qui n'a jamais sacrifié la dignité de l'art à la sensiblerie du vulgaire. L'émotion qu'il nous donne pénètre l'âme et ne l'énerve pas. Pour mieux nous en convaincre, les *Châtiments,* les *Contemplations,* la *Légende des siècles* nous vinrent du fond de l'exil.

Les *Châtiments,* Messieurs, sont et resteront une œuvre extraordinaire où la colère, l'attendrissement, l'indignation, l'élégie et l'épopée se déroulent avec une éloquence inouïe ; où l'accumulation incessamment variée des images, le luxe des formules, donnent à l'invective une force multipliée et au poème de l'*Expiation,* en particulier, un souffle terrible. Ni les *Tragiques* d'Agrippa d'Aubigné, ni les *Iambes* de Chénier et de Barbier n'ont atteint une telle énergie. Le livre des *Contemplations,* d'autre part, grave, spirituel, philosophique, rêveur, d'une inspiration complexe, mêle les voix sans nombre de la nature aux douleurs et aux joies humaines ; car, si Victor Hugo sait faire vibrer toutes les cordes de l'âme, il sait, par surcroît, voir et entendre, ce qui est plus rare qu'on ne pense. Aussi, le grand Poète saisit-il d'un œil infaillible le détail infini et l'ensemble des formes, des jeux d'ombre et de lumière. Son oreille perçoit les bruits vastes, les rumeurs confuses et la netteté des sons particuliers dans le chœur général. Ces perceptions diverses, qui affluent incessamment en lui, s'animent et jaillissent en images vivantes, toujours précises dans leur abondance sonore, et qui constatent la communion profonde de l'homme et de la nature.

Les sentiments tendres, les délicatesses, même subtiles, acquièrent, en passant par une âme forte, leur expression définitive; et c'est pour cela que la sensibilité des poètes virils est la seule vraie. Ai-je besoin, Messieurs, de rappeler les preuves sans nombre que Victor Hugo nous a données de cette richesse particulière de son génie? Le vers plein de force et d'éclat du plus grand des Lyriques s'empreint, quand il le veut, d'une grâce et d'un charme irrésistibles. Non seulement il vivifie ce qu'il conçoit, ce qu'il voit, ce qu'il entend, mais il excelle à rendre saisissant ce qui est obscur dans l'âme et vague dans la nature. L'herbe, l'arbre, la source, le vent, la mer, chantent, parlent, souffrent, pleurent et rêvent; le sens mystérieux des bruits universels nous est révélé.

La *Légende des siècles* parut et consacra pour toujours, à l'applaudissement unanime et enthousiaste, le génie et la gloire incontestée du grand Poète. Ce sont, en effet, d'admirables vers, d'une solidité et d'une puissance sans égales, d'une langue à la fois éblouissante et correcte, comme tout ce qu'a écrit Victor Hugo qui est aussi un grammairien infaillible. Il n'appartenait qu'à lui d'entreprendre une telle œuvre, de vouloir, comme il le dit, « exprimer l'humanité dans une espèce d'œuvre cyclique, la peindre successivement et simultanément sous tous ses aspects, histoire, fable, philosophie, religion, science, lesquels se résument en un seul et immense mouvement vers la lumière ». Certes, c'était là une entreprise digne de son génie, quelque colossale qu'elle fût. Pour qu'un seul homme, toutefois, pût réaliser complètement un dessein aussi formidable, il fallait qu'il se fût assimilé tout d'abord l'histoire, la religion, la philosophie de chacune des races et des civilisations disparues ; qu'il se fît tour à tour, par un miracle d'intuition, une sorte de contemporain de chaque époque et qu'il y revécût exclusivement, au lieu d'y choisir des thèmes propres au développement des idées et des aspirations du temps où il vit en réalité.

Bien qu'aucun siècle n'ait été à l'égal du nôtre celui de la science universelle, bien que l'histoire. les langues, les mœurs, les théogonies des peuples anciens nous soient révélées d'année en année par tant de savants illustres ; que les faits et les idées, la vie intime et la vie extérieure, que tout ce qui constitue la raison d'être, de croire, de penser des hommes disparus appelle l'attention des intelligences élevées, nos grands poètes ont rarement tenté de rendre intellectuellement la vie au Passé. Ainsi, quand un très noble esprit, un profond penseur, un précurseur de notre Renaissance littéraire, Alfred de Vigny, conçut et écrivit le beau poème de *Moïse,* il ne fit point du libérateur d'Israël le vrai personnage légendaire qui nous apparaît aujourd'hui, le chef théocratique de six cent mille nomades idolâtres et féroces errant affamés dans le

désert, le Prophète inexorable qui fait égorger en
un jour vingt-quatre mille hommes par la tribu de
Lévi. Le poème de *Moïse* n'est qu'une étude de
l'âme dans une situation donnée, n'appartient à aucune époque nettement définie et ne met en lumière aucun caractère individuel original. Mais, si
la *Légende des siècles*, bien supérieure comme conception et comme exécution, est plutôt, çà et là, l'é-
cho superbe de sentiments modernes attribués aux
hommes des époques passées qu'une résurrection
historique ou légendaire, il faut reconnaître que la
foi déiste et spiritualiste de Victor Hugo, son atta-
chement exclusif à certaines traditions, lui inter-
disaient d'accorder une part égale aux diverses
conceptions religieuses dont l'humanité a vécu, et
qui, toutes, ont été vraies à leur heure, puisqu'elles
étaient les formes idéales de ses rêves et de ses
espérances. « L'homme, a dit un illustre écrivain,
fait la sainteté de ce qu'il croit comme la beauté de
ce qu'il aime. » Quoi qu'il en soit, la *Légendes des
siècles*, cette série de magnifiques compositions
épiques, restera la preuve éclatante d'une puissance
verbale inouïe mise au service d'une imagination
incomparable.

Les *Chansons des rues et des bois*, l'*Année terrible*,
les deux dernières *Légendes*, l'*Art d'être grand-
père*, le *Pape*, la *Pitié suprême*, *Religion et religions*,
l'*Ane*, *Torquemada*, les *Quatre Vents de l'Esprit* se
succédèrent à de courts intervalles. Il est assurément impossible, Messieurs, d'analyser et de louer

ici comme il conviendrait, ces œuvres multipliées où l'intarissable génie du Poète se déploie avec la même force démesurée. *Torquemada*, cependant, moins un drame scénique qu'un poème dialogué, offre une conception particulière qui, pour n'être pas d'une exacte théologie, n'en est que plus originale. Certes, en brûlant par milliers ses misérables victimes, le vrai Torquemada, le grand Inquisiteur du xv⁰ siècle, ne pensait en aucune façon les mener à la béatitude céleste. Il tenait uniquement à les exterminer, en leur donnant sur la terre un avant-goût des flammes éternelles. Mais Victor Hugo a développé son étrange conception avec tant de verve, d'éloquence et de couleur, qu'il faut le remercier, au nom de la Poésie, d'avoir prêté cette charité terrible à cet insensé féroce qui puisait la haine de l'humanité dans l'imbécillité d'une foi monstrueuse.

Dès les brillantes années de sa jeunesse, et concurremment avec ses poèmes et ses romans qui sont aussi des poèmes, doué qu'il était déjà d'une activité intellectuelle que le temps devait accroître encore, Victor Hugo avait révélé dans ses drames une action et une langue théâtrales nouvelles. Quand ces vers d'or sonnèrent pour la première fois sur la scène, quand ces explosions d'héroïsme, de tendresse, de passion, éclatèrent soudainement, enthousiasmant les uns, irritant la critique peu accoutumée à de telles audaces, et soulevant même des haines personnelles, les esprits les plus avertis parmi les contradicteurs du jeune Maître, saluèrent cependant, malgré beaucoup de réserves, cet avènement indiscutable de la haute poésie lyrique dans le drame, bien que de longues années dussent s'écouler encore avant le triomphe définitif.

En effet, Messieurs, *Hernani*, *Marion de Lorme*, *le Roi s'amuse*, *Ruy Blas*, les *Burgraves*, ont suscité longtemps de singulières objections. L'éclat du style et l'éloquence lyrique des personnages semblaient aux adversaires du Poète l'unique mérite et à la fois le défaut fondamental de ces œuvres si pleines pourtant de situations dramatiques. Le reproche de sacrifier l'étude des caractères et la vérité historique aux fantaisies de l'imagination, est-il donc juste? N'a-t-il pas été toujours permis aux poètes tragiques d'emprunter à l'histoire de larges cadres où leur inspiration personnelle pût se déployer librement? La foule enthousiaste qui se presse aujourd'hui aux représentations de ces beaux drames n'est-elle ni émue ni charmée? Et quant à leur substance même, ne consiste-t-elle pas, selon la remarque d'un éminent critique, dans le développement scénique de tous les nobles motifs qui déterminent l'action : l'honneur, l'héroïsme, le dévouement, la loyauté chevaleresque? En outre, si Victor Hugo, ayant toujours voulu que son théâtre fût une tribune, une sorte de chaire d'où l'enseignement moral pût être donné au plus grand nombre, semblait méconnaître ainsi la nature essentielle de l'art qui est son propre but à lui-même, du moins n'a-t-il jamais oublié que si le juste et le vrai ont droit de cité en poésie, ils ne doivent y être perçus et sentis qu'à travers le beau.

Les *Burgraves*, dont l'insuccès fit prendre au grand Poète la résolution de renoncer pour toujours au théâtre, sont d'un tout autre ordre, et d'un ordre supérieur. Nous sommes ici en face d'une trilogie eschylienne, d'une tragédie épique dont les principaux personnages sont plus grands que nature et se meuvent dans un monde titanique. Jamais Victor Hugo n'avait fait entendre sur la scène de plus majestueuses et de plus hautes paroles. Ce sont des vers spacieux et marmoréens, d'une facture souveraine, dignes d'exprimer les passions farouches de ces vieux chevaliers géants du Rhin. La grandeur et la beauté de cette légende tragique ne furent pas comprises. Une réaction passagère, insignifiante en elle-même et quant à ses résultats prochains, sévissait à cette époque et pervertissait le goût public. Toutes les pièces du Maître avaient été discutées, applaudies, combattues, mais elles devaient finir par triompher de toutes les résistances. Seuls, les *Burgraves* sont encore écartés de la scène, bien que l'auteur n'ait jamais fait preuve au théâtre de plus puissantes facultés créatrices. D'autres raisons, d'une nature étrangère à l'art, peuvent, il est vrai, s'opposer légitimement à la reprise de cette tragédie légendaire dans laquelle le sublime poète de l'Orestie eût reconnu un génie de sa famille.

« On ne surpassera pas Eschyle, a dit Victor

Hugo, mais on peut l'égaler. » Et il l'a prouvé.

J'ai dit, Messieurs, que ses romans étaient aussi des poèmes ; et, en effet, si la magie du vers leur manque, l'ampleur de la composition, la richesse d'une langue originale, énergique et brillante, la création des types plutôt que l'analyse des caractères individuels, leur donnent droit à ce titre. Il était, du reste, impossible que Victor Hugo cessât un moment d'être poète, l'eût-il voulu. Ne sont-ce pas deux épopées que *Notre-Dame de Paris* et les *Misérables*, l'une plus régulièrement composée, plus condensée ; l'autre, touffue, complexe, excessive, entrecoupée d'admirables épisodes? *Notre-Dame de Paris*, injustement critiquée par Gœthe, restera une vivante reconstruction archéologique et historique, telle que Victor Hugo l'a conçue et voulue, et quelles que soient les différentes façons de concevoir et de reproduire, dans une invention romanesque, les mœurs, les caractères, la vie des hommes du xv⁰ siècle, au moment de leur histoire choisi par l'auteur. Peut-on oublier désormais tant de pages éclatantes, tant de scènes terribles ou touchantes, tant de figures à jamais vivantes, Claude Frollo, Quasimodo, la Sachette, Esmeralda, Louis XI, la fourmillante Cour des Miracles, l'assaut épique de la vieille cathédrale par les Truands? Cette langue si neuve, si riche et si précise, ces figures, ces péripéties dramatiques, ces noms ne sortiront plus de notre mémoire ; la vision du poète est devenue la nôtre.

L'autre épopée, *les Misérables*, fut écrite à une époque plus avancée de sa vie, durant les années de l'exil, années immortelles qui ont produit tant de chefs-d'œuvre, où sa pensée se dirigea plus spécialement vers la destinée faite aux déshérités et aux victimes de la civilisation; où, du haut du rocher de Guernesey, illustre désormais, il répandit sur le monde, en paroles enflammées, ses protestations indignées, ses appels multipliés au droit, à la justice, à la liberté; où il stigmatisa, dans le présent et dans l'avenir, tous les attentats, toutes les tyrannies, toutes les iniquités. Un immense succès accueillit ce livre puissant, sorte d'encyclopédie où les questions sociales, la psychologie, l'histoire, la politique, concourent au développement de la fable romanesque et s'y mêlent en l'interrompant par de fréquentes digressions et de formidables évocations. La bataille de Waterloo y revit dans son horreur sublime. Nous assistons à cet écroulement sinistre d'une multitude qui se rue, tourbillonne et se heurte avec une clameur désespérée contre les carrés de la vieille Garde immobile au milieu de la flamme et de l'averse des balles et des boulets. Rien de plus foudroyant de beauté épique. Et que de scènes encore d'une réalité saisissante : Une tempête sous un crâne, le couvent de Picpus ! Que de types originaux et vivants : l'évêque Myriel, Valjean, Javert, Gille Normand, Champ-Mathieu et l'immortel Gavroche !

Traduit dans toutes les langues, répandu dans

le monde entier, si plein, si complexe, tantôt hale-
tant, tantôt calme et grave, œuvre de revendication
sociale, de polémique ardente et de lyrisme, le livre
des *Misérables* est assurément une des plus larges
conceptions d'un grand esprit, si ce n'est une des
plus pondérées. Mais, qui ne le sait? Le génie de
Victor Hugo brise invinciblement tous les moules,
et ce serait en vérité une prétention quelque peu
insensée que de vouloir endiguer cette lave et pro-
portionner cette tempête.

Les *Travailleurs de la mer*, l'*Homme qui rit*, *Quatre-vingt-treize* parurent successivement. Les mêmes
beautés d'imagination, d'originalité et de style s'y
retrouvent à chaque ligne. Qui ne se souvient de la
caverne sous-marine où Gilliatt rencontre la pieu-
vre, de cette merveilleuse vision du grand Poète?
L'infinie richesse de la langue, le charme exquis,
la délicatesse féerique des nuances et des sensations
perçues font de ces pages un enchantement mystérieux et idéal. Et, dans l'*Homme qui rit,* que de ta-
bleaux étranges, effrayants, magnifiques : les con-
vulsions du pendu secoué, tourmenté par le vent de
la nuit lugubre, assailli par les corbeaux affamés
qu'il épouvante de ses bonds furieux ; la tempête
de neige, Gwynplaine errant dans le palais désert, et
la scène admirable et monstrueuse du supplice dans
la prison ! *Quatre-vingt-treize,* enfin, n'est-il pas un
poème dont les héros sont des types du devoir ac-
compli, du sacrifice sublime, des figures symboliques plutôt que des hommes, tant elles sont grandes?

De telles œuvres, Messieurs, toujours lues et toujours admirées, quelque permises que soient certaines réserves respectueuses, consolent, s'il est possible, de l'épidémie qui sévit de nos jours sur une portion de notre littérature et contamine les dernières années d'un siècle qui s'ouvrait avec tant d'éclat et proclamait si ardemment son amour du beau ; alors que d'illustres poètes, d'éloquents et profonds romanciers, de puissants auteurs dramatiques, auxquels je ne saurais oublier de rendre l'hommage qui leur est dû, secondaient l'activité glorieuse de Victor Hugo. Mais si le dédain de l'imagination et de l'idéal s'installe impudemment dans beaucoup d'esprits obstrués de théories grossières et malsaines, la sève intellectuelle n'est pas épuisée sans doute ; bien des œuvres contemporaines, hautes et fortes, le prouvent. Le public lettré ne tardera pas à rejeter avec mépris ce qu'il acclame aujourd'hui dans son aveugle engouement. Les épidémies de cette nature passent et le génie demeure.

Victor Hugo ne nous a pas seulement laissé le travail prodigieux offert de son vivant à notre admiration. Le déroulement des chefs-d'œuvre posthumes transforme cette admiration en une sorte d'effroi sacré, en face d'une telle puissance de création. On dirait qu'il veut nous donner la preuve de l'immortalité toujours féconde de son génie au delà de ce monde, comme il aimait à l'affirmer d'après la conviction philosophique qu'il s'était faite. Car toute vraie et haute poésie contient en effet une philosophie, quelle qu'elle soit, aspiration, espérance, foi, certitude, ou renoncement réfléchi et définitif au sentiment de notre identité survivant à l'existence terrestre. Mais ce renoncement ne pouvait être admis par Victor Hugo qui, lui aussi, comme il a été dit du grand orateur de la Constituante, était si fortement en possession de la vie.

Sa philosophie, celle qui se retrouve au fond de tous ses poèmes, tient à la fois du panthéisme et du déisme. Dieu, pour lui, est tantôt l'Être infini, indéterminé, le monde intellectuel et le monde moral, la nature tout entière, la vie universelle avec ses maux et ses biens; tantôt Dieu se distingue des êtres et des choses, affirme sa personnalité, veut, agit, détermine les pensées, les actes, amène les catastrophes physiques, relève les faibles et punit les oppresseurs en les incarnant de nouveau dans les formes les plus abjectes de l'animalité ou dans celles de la matière inerte. Or, Dieu, selon le Poète, étant toute justice et toute bonté, et les âmes qu'il crée n'étant déchues et corrompues que par l'ignorance de la vérité, ignorance où elles se complaisent ou qui leur est infligée, a voulu que toutes fussent appelées, si elles le désirent, à la réhabilitation définitive; mais leur immortalité est conditionnelle, et beaucoup d'entre elles sont condamnées à l'anéantissement total.

Telle est la foi de Victor Hugo. Il a été toute sa vie l'évocateur du rêve surnaturel et des visions apocalyptiques. Il est enivré du mystère éternel. Il dédaigne la science qui prétend expliquer les origines de la vie ; il ne lui accorde même pas le droit de le tenter, et il se rattache en ceci, plus qu'il ne se l'avoue à lui-même, aux dogmes arbitraires des religions révélées. Il croit puiser dans sa foi profonde en une puissance infinie, rémunératrice et clémente, la généreuse compassion qui l'anime pour les faibles, les déshérités, les misérables, les proscrits auxquels il offre si noblement un asile ; il lui doit, pense-t-il, de chanter en paroles sublimes la beauté, la grandeur et l'harmonie du monde visible, comme les splendeurs pacifiques de l'humanité future, et il ne veut pas reconnaître qu'il ne doit sa magnifique conception du beau qu'à son propre génie, comme ses élans de bonté et de vaste indulgence qu'à son propre cœur. Mais qu'importe ! Cette foi, faite d'éblouissements, a ouvert au grand Poète l'horizon illimité où son imagination plonge sans fin. Elle a été la génératrice et la raison de ses chefs-d'œuvre.

Que pourrais-je ajouter, Messieurs ? Dans le cours de sa longue vie, traversée pourtant d'ardentes luttes littéraires et politiques et de grandes douleurs, et surtout dans sa vieillesse vénérable, apaisée et souriante, Victor Hugo a reçu la récompense due au plus éclatant génie lyrique qu'il ait été donné aux hommes d'applaudir. Le monde civilisé tout entier lui a rendu un hommage unanime. La profonde et lugubre pensée d'Alfred de Vigny : « La vie est un accident sombre entre deux sommeils infinis », si vraie qu'elle puisse être, n'a point troublé ses derniers moments. Il est mort plein de jours, plein de gloire, entouré du respect universel, auréolé de l'Illusion suprème, conduit triomphalement au Panthéon par un million d'hommes et léguant aux âges futurs une œuvre et un nom immortels.

RÉPONSE

DE

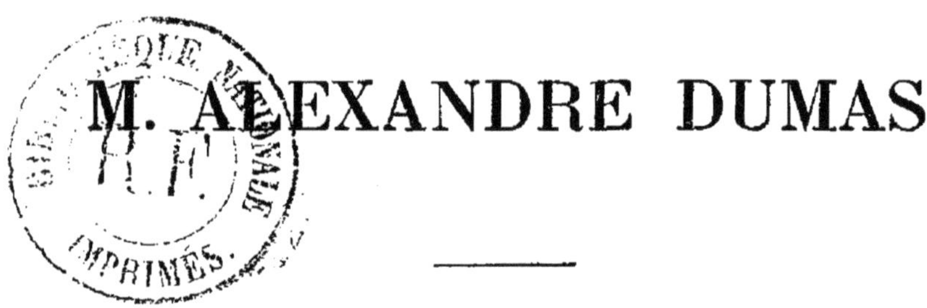

M. ALEXANDRE DUMAS

———

Monsieur,

Celui dont vous venez de faire l'éloge avec tant d'éloquence, de conviction et d'autorité, vous tenait en la plus haute estime, non seulement comme poète, mais comme traducteur. Lui qui lisait dans leur langue maternelle ses poètes favoris, depuis Homère jusqu'à Dante, depuis Juvénal jusqu'à Shakespeare, il ne reconnaissait qu'à vous le droit de les faire parler dans cette langue française, dont il possédait tous les secrets et toutes les magies. Il avait confiance en vous sur ce point, comme en lui-même, ce qui n'est pas peu dire, car il était respec-tueux de la pensée des rares esprits qu'il admirait, comme il entendait qu'on le fût de la sienne. La vive admiration qu'il professait si hautement, dont il a si souvent donné les raisons, pour ces esprits, l'absorbait, l'isolait, il faut bien le dire, à ce point qu'il vivait presque complètement en dehors de tout ce que l'on produisait autour de lui. Dans un livre qui le contient, autant qu'un livre peut contenir un pareil homme, dans *William Shakespeare,* il nomme ces grands esprits à plusieurs reprises : Homère, Eschyle, Job, Isaïe, Ezechiel, Lucrèce, Juvénal, Phidias, Tacite, Jean de Pathmos, Paul de Damas, Dante, Michel-Ange, Rabelais, Cervantès, Shakespeare, Rembrandt, Beethoven. Le grand Pelasge, dit-il, c'est Homère ; le grand Hellène, c'est Eschyle ; le grand Hébreu, c'est Isaïe ; le grand Romain, c'est Juvénal ; le grand Italien, c'est Dante ; le grand Anglais, c'est Shakespeare ; le grand Allemand, c'est Beethoven. Il n'y a pas, il n'y avait pas encore selon lui, de grand Français, quand il faisait ce dénombrement. Il laissait à l'avenir le soin de le trouver. Ces hommes constituaient pour Victor Hugo la cime de l'esprit humain. « Cette cime est l'idéal, dit-il, Dieu y descend, l'homme y monte. » Il ajoute :

Ces génies sont outrés, ceci tient à la quantité d'infini qu'ils ont en eux. En effet, ils ne sont pas circonscrits. Ils contiennent de l'ignoré. Tous les reproches qu'on leur adresse pourraient être faits à des sphinx. On reproche à Homère les carnages dont il remplit son antre, l'*Iliade*; à Eschyle, la monstruosité; à Job, à Isaïe, à Ézéchiel, à saint Paul, les doubles sens; à Rabelais, la nudité obscène et l'ambiguïté venimeuse ; à Cervantès, le rire perfide ; à Shakespeare, la subtilité ; à Lucrèce, à Juvénal, à Tacite, l'obscurité ; à Jean de Pathmos et à Dante Alighieri, les ténèbres.

Aucun de ces reproches ne peut être fait à d'autres esprits très grands, moins grands. Hésiode, Esope, Sophocle, Euripide, Platon, Thucydide, Anacréon, Théocrite, Tite-Live, Salluste, Cicéron, Térence, Virgile, Horace, Pétrarque, Tasse, Arioste, La Fontaine, Beaumarchais, Voltaire n'ont ni exagération, ni ténèbres, ni obscurité, ni monstruosité. Que leur manque-t-il donc? Cela. Cela c'est l'inconnu. Cela c'est l'infini. Si Corneille avait « cela » il serait l'égal d'Eschyle. Si Milton avait « cela » il serait l'égal d'Homère. Si Molière avait « cela » il serait l'égal de Shakespeare. Avoir, par obéissance aux règles, tronqué et raccourci la vieille tragédie native, c'est là le malheur de Corneille. Avoir, par tristesse puritaine, exclu de son œuvre la vaste nature, le grand Pan, c'est là le malheur de Milton. Avoir, par peur de Boileau, éteint bien vite le lumineux style de l'*Étourdi*. Avoir, par crainte des prêtres, écrit trop peu de scènes comme le Pauvre de *Don Juan*, c'est là la lacune de Molière !

Dans le feu de l'argumentation, Victor Hugo oublie le lumineux style d'*Amphitryon*, de l'*École des femmes*, des *Femmes savantes* et du *Misanthrope* que personne n'a égalé, sur la scène, et auquel personne n'applaudissait plus que Boileau, et les cinq actes de *Tartufe* où la crainte du prêtre ne se fait guère sentir.

Mais passons, il continue :

Ne pas donner prise est une perfection négative. Il est beau d'être attaquable. Creusez en effet le sens de ces mots posés comme des masques sur les mystérieuses qualités des génies. Sous obscurité, subtilité et ténèbres, vous trouverez profondeur; sous exagération, imagination; sous monstruosité, grandeur.

Il me semble, tandis que je lis ces affirmations, entendre, du second rang où le place le poète, Molière qui a ri de tant de choses consacrées et même sacrées, murmurer entre ses dents : « Vous êtes orfèvre, monsieur Josse ! » en ajoutant aussitôt : « Mais quel admirable orfèvre vous êtes ! »

Lorsqu'un grand génie a pris, dès l'enfance, l'habitude de s'entretenir avec un cercle de génies antérieurs où Sophocle, Platon, Virgile, La Fontaine, Corneille et Molière n'occupent que le second plan, où Montaigne, Racine, Pascal, Bossuet, La Bruyère ne pénètrent pas, on comprend aisément que le jour où ce grand génie distingue dans la foule qui s'agite à ses pieds un poète et le marque au front du signe auquel on reconnaîtra dans l'avenir ceux de sa race et de sa famille, ce poète aura le droit d'être fier. Ce poète c'est vous, Monsieur.

Comment l'intimité intellectuelle, l'alliance esthétique se sont-elles établies entre vous et Victor Hugo?

C'était sous l'Empire, Victor Hugo était à Guernesey. Il se promenait sur la terrasse qu'il a immortalisée et qui était devenue un but de pèlerinage pour tous les jeunes poètes. Pas un nuage au ciel « formé d'un seul saphir », comme il aurait dit, pas une ride sur la mer dans laquelle, selon votre belle expression, que nous allons retrouver tout à l'heure, « le soleil tombe en nappes d'argent ». Alors un des jeunes hommes qui avaient l'honneur de se mouvoir dans l'ombre de l'exilé, s'écria tout à coup, comme si les vers qu'il citait pouvaient seuls traduire l'impression causée par cette journée splendide :

> Midi, roi des étés, épandu sur la plaine,
> Tombe en nappes d'argent des hauteurs du ciel bleu.
> Tout se tait. L'air flamboie et brûle sans haleine,
> La terre est assoupie en sa robe de feu.

« Qu'est-ce que vous dites là ? s'écria Victor Hugo, en entendant ces beaux vers qu'il ne se rappelait pas avoir faits.

— Ce sont des vers de Leconte de Lisle, répondit le jeune homme. » Votre nom était encore de ceux qui n'éveillaient pas de souvenir dans l'esprit du Maître. Il demanda à votre jeune confrère s'il savait le reste du morceau.

Le jeune homme le savait, comme bien d'autres le savent, même parmi les simples prosateurs, et après avoir répété la première strophe, il continua ainsi :

> L'étendue est immense et les champs n'ont point d'ombre ;
> Et la source est tarie, où buvaient les troupeaux ;
> La lointaine forêt, dont la lisière est sombre,
> Dort, là-bas, immobile en un pesant repos.
>
> Seuls, les grands blés mûris, tels qu'une mer dorée.
> Se déroulent au loin, dédaigneux du sommeil ;
> Pacifiques enfants de la terre sacrée,
> Ils épuisent sans peur la coupe du soleil.
>
> Parfois, comme un soupir de leur âme brûlante,
> Du sein des épis lourds qui murmurent entre eux,
> Une ondulation majestueuse et lente
> S'éveille et va mourir à l'horizon poudreux.
>
> Non loin, quelques bœufs blancs, couchés parmi les herbes,
> Bavent avec lenteur sur leurs fanons épais,
> Et suivent de leurs yeux languissants et superbes
> Le songe intérieur qu'ils n'achèvent jamais.

Homme, si, le cœur plein de joie ou d'amertume,
Tu passais, vers midi, dans les champs radieux,
Fuis ! La nature est vide et le soleil consume,
Rien n'est vivant ici, rien n'est triste ou joyeux ;

Mais si, désabusé des larmes et du rire,
Altéré de l'oubli de ce monde agité,
Tu veux, ne sachant plus pardonner ou maudire,
Goûter une suprême et morne volupté,

Viens ! Le soleil te parle en paroles sublimes !
Dans sa flamme implacable absorbe-toi sans fin,
Et retourne à pas lents vers les cités infimes,
Le cœur trempé sept fois dans le néant divin.

Quand on a écrit les *Feuilles d'automne,* les *Chants du crépuscule,* les *Rayons et les Ombres,* et qu'on entend tout à coup des vers comme ceux-là, on tressaille dans toutes ses fibres de poète, on reconnaît un frère, je ne dis pas un fils, car vous n'êtes né de personne, et l'on dit au passant qui vient de vous initier et qui est certainement parmi ceux qui nous écoutent aujourd'hui :

« En savez-vous d'autres ?

Le jeune homme en savait beaucoup d'autres ; il laissa tomber goutte à goutte, comme des perles, dans l'azur, l'or et les diamants de cette éclatante journée, des fragments de *Çunacépa,* de la *Vision de Brahma,* de la *Robe du Centaure,* d'*Hélène,* de *Kiron,* d'*Hypathie et Cyrille.* Victor Hugo demanda au jeune homme comment et peut-être pourquoi il avait appris tant de vers de vous. Le jeune homme entra alors dans les détails de la vie de ce poète nouveau, indépendant, sauvage et même un peu farouche, comme aurait dit Racine, vivant dans la solitude et le travail, absolu dans ses idées, tout à son œuvre, aimant la poésie pour elle-même, pour elle seule, pauvre, fier, honorable en tous points, aussi peu soucieux de la fortune que de la renommée, lesquelles, du reste, paraissaient décidées à respecter longtemps encore son incognito. Victor Hugo n'eut qu'à se rappeler son petit logement de la rue du Dragon, en 1820, pour se figurer le vôtre au boulevard des Invalides; il n'eut qu'à se souvenir comment s'était fondée l'école romantique dont il s'était bientôt fait proclamer le chef, pour comprendre qu'il se fondait dans ce Paris toujours en travail, mais où il n'était plus, une école nouvelle, avec un chef nouveau.

En effet, à l'époque même où, du haut de son rocher flamboyant, il jetait à travers l'espace, les pages des *Châtiments*, des *Contemplations*, de la première *Légende des siècles* qui prenaient leur vol, aigles, corbeaux et colombes, vers les quatre parties du monde, le soir, l'étoile des mages d'Orient guidait quelques bergers recueillis, dévots et convaincus, vers l'autel mystérieux que vous aviez élevé à la Muse et dont je ne crois pas qu'aucun poète avant vous ait aussi complètement connu les ardeurs sacrées, enivrantes et pures. C'est que tout en étant né Français, c'est que tout en vivant et en respirant au milieu de nous, comme chacun peut le voir aujourd'hui, par hasard, pour ainsi dire, ce n'était pas nous qui étions intellectuellement vos compatriotes

et vos contemporains, c'étaient les Grecs et les In-
dous. L'état civil et la présence réelle ne prouvent
rien dans les affaires de l'esprit. Il y a l'influence
des origines, des hérédités, des lieux et des milieux.
Or, vous avez vu le jour en plein océan Indien,
dans cette île enchantée de la Réunion. Afrique d'un
côté, Asie de l'autre, qui doit apparaître à ceux qui
passent au large comme un immense bouquet de
fleurs, nées peut-être de celles que cueillait Proser-
pine quand Pluton s'est mis à la poursuivre et qu'elle
a jetées dans les flots pour alléger sa fuite inutile.
Vous êtes né le 22 octobre 1818, à Saint-Paul, d'un
père Breton et d'une mère Gasconne; et qui le croi-
rait ! quand *on vous lit, petit-neveu de Parny*, le
Scarron de la guerre des Dieux et le Tibulle d'Éléo-
nore :

> Enfin, ma chère Éléonore,
> Tu l'as connu ce péché...

Rassurez-vous, je m'en tiendrai là de ces vers
qui ont dû si souvent vous faire rougir comme
poète, même comme neveu et qui n'ont peut-être
pas peu contribué à la sévérité de vos jugements
sur les poètes de l'amour. Vous avez été élevé par
un père, grand admirateur de Rousseau, qui a
essayé sur vous les théories d'*Emile* avec la persé-
vérance d'un Breton. La règle paternelle était quelquefois dure, la soumission pénible. Heureusement
la grande nature était là. Vous vous dédommagiez
par de longues courses solitaires sous votre soleil

tropical. C'est pendant ces courses que vous avez
vu

A travers les massifs des pâles oliviers
L'archer resplendissant darder ses belles flèches
Qui, par endroits, plongeant au fond des sources fraîches,
Brisent leurs pointes d'or contre les durs graviers.

Et vous gravissiez la montagne, jusqu'à ce que
vous eussiez atteint le point où se trouve

Un lieu sauvage au rêve hospitalier
Qui, dès le premier jour, n'a connu que peu d'hôtes ;
Le bruit n'y monte pas de la mer sur les côtes,
Ni la rumeur de l'homme ; on y peut oublier.

Parfois, hors des fourrés, les oreilles ouvertes,
L'œil au guet, le col droit et la rosée au flanc,
Un cabri voyageur, en quelques bonds alertes,
Vient boire aux cavités pleines de feuilles vertes,
Les quatre pieds posés sur un caillou tremblant.

Vous n'étiez pas seulement un marcheur infatigable, vous étiez un nageur intrépide, et après
avoir été contempler l'aigle

Qui dort dans l'air glacé les ailes toutes grandes,

vous redescendiez défier dans l'immensité de la mer
le requin si fréquent dans vos parages :

Il ne sait que la chair qu'on broie et qu'on dépèce,
Et, toujours absorbé dans son désir sanglant,
Au fond des masses d'eau lourdes d'une ombre épaisse,
Il laisse errer un œil terne, impassible et lent.

Ainsi se fortifiaient votre énergie et votre volonté.

Puis l'ange à l'épée flamboyante, l'ange injuste
des nécessités matérielles vous a pour jamais chassé

du paradis de votre enfance et de vos rêves. Mais si l'on n'emporte pas le sol de la patrie à la semelle de ses souliers, on en emporte l'âme dans le cœur de son âme, quand on est un poète comme vous, et c'était bien au soleil de l'extrême Orient que vos jeunes disciples venaient se réchauffer et s'éclairer.

N'est-ce pas Boudha qui reconnaissant, après de longues méditations solitaires, l'insuffisance de l'enseignement brahmanique, même celui d'Arata-Talama, le grand brahmane de Vaïçali, même celui de Roudraka, le grand prêtre de Radjagripa, se sépara de la tradition et s'éloigna en disant :

Là n'est point la voie qui conduit à l'indifférence pour les objets du monde, qui conduit à l'affranchissement de la passion, qui conduit à la fin des vicissitudes de l'être, qui conduit au Nirvana.

Vous avez fait comme le grand rénovateur indou. Vous avez rompu avec bien des traditions anciennes, avec bien des gloires consacrées, et voici comment, dans la préface de la première édition de vos *Poèmes antiques*, vous avez posé les nouveaux dogmes :

Depuis Homère, Eschyle et Sophocle, qui représentent la poésie dans sa vitalité, dans sa plénitude et dans son unité harmonique, la décadence et la barbarie ont envahi l'esprit humain. En fait d'art original le monde romain est au niveau des Daces et des Sarmates; le cycle chrétien tout entier est barbare. Dante, Shakespeare et Milton n'ont que la force et la hauteur de leur génie individuel; leur langue et leurs conceptions sont barbares. La Sculpture s'est arrêtée à Phidias et à Lysippe; Michel-Ange n'a rien fécondé; son œuvre, admirable en elle-même, a ouvert une voie désastreuse. Que reste-t-il donc des siècles écoulés depuis la Grèce? Quelques individualités puissantes, quelques grandes œuvres sans lien et sans unité...

La poésie moderne, reflet confus de la personnalité fougueuse de Byron, de la religiosité factice et sensuelle de Chateaubriand, de la rêverie mystique d'outre-Rhin et du réalisme des Lakistes, se trouble et se dissipe. Rien de moins vivant et de moins original en soi, sous l'appareil le plus spécieux. Un art de seconde main, hybride et incohérent, archaïsme de la veille, rien de plus. La patience publique s'est lassée de cette comédie bruyante jouée au profit d'une autolâtrie d'emprunt. Les maîtres se sont tus ou vont se taire, fatigués d'eux-mêmes, oubliés déjà, solitaires au milieu de leurs œuvres infructueuses. Les poètes nouveaux enfantés dans la vieillesse précoce d'une esthétique inféconde, doivent sentir la nécessité de retremper aux sources éternellement pures l'expression usée et affaiblie des sentiments généraux. Le thème personnel et ses variations trop répétées ont épuisé l'attention ; l'indifférence s'en est suivie à juste titre ; mais s'il est indispensable d'abandonner au plus vite cette voie étroite et banale, encore ne faut-il s'engager en un chemin plus difficile et dangereux que fortifié par l'étude et l'initiation. Ces épreuves expiatoires une fois subies, la langue poétique une fois assainie, les spéculations de l'esprit, les émotions de l'âme perdront-elles de leur vérité et de leur énergie quand elles disposeront de formes plus nettes et plus précises? Rien certes n'aura été délaissé ni oublié ; le fonds pensant et l'art auront recouvré la sève et la vigueur, l'harmonie et l'unité perdues. Et plus tard, quand ces intelligences profondément agitées se seront apaisées, quand la méditation des principes négligés et la régénération des formes auront purifié l'esprit et la lettre, dans un siècle ou deux, si toutefois l'élaboration des temps nouveaux n'implique pas une gestation plus lente, peut-être la poésie redeviendrat-elle le verbe inspiré et immédiat de l'âme humaine?...

Tels sont les passages les plus saillants de cette préface claire comme le cristal et comme l'acier.

Une telle profession de foi n'était pas seulement le coup de clairon qui sonne l'assaut de l'avenir, c'était le coup de cloche qui sonne le glas du passé et surtout du présent. C'était une révolution radicale devant entraîner de bien autres conséquences que celle de 1830. Il ne s'agissait de rien moins en effet que de répudier toute l'esthétique moderne, de revenir sur le mouvement classique et romantique, et de restituer aux poètes la direction de l'âme humaine. Après avoir eu connaissance de vos vers, Victor Hugo a-t-il eu connaissance de cette préface? Je le crois. Aussi a-t-il voulu vous connaître et vous séduire. Se faire un apôtre d'un adversaire, c'est régal de Dieu. Sachant que vous ne viendriez pas à lui le premier, il est allé à vous. Il avait de ces coquetteries-là, quand on lui résistait. Il vous a envoyé un de ses livres, avec ces deux seuls mots tout caressants d'égalité : *Jungamus dextras* et sa grande signature royale. N'était-il pas celui qui avait dit :

Maintenant je sais l'art d'apprivoiser les âmes.

Vous êtes venu! vous avez vu! vous avez été vaincu! A partir de ce moment, vous avez senti que vous ne pouviez plus résister à cet enchanteur, et vous êtes resté un des fidèles de la maison, un des fervents du maître. Vous avez bien fait. Pour quiconque est un peu poète Victor Hugo est irrésistible. Je viens de le relire, depuis les *Odes et Ballades* jusqu'à la *Fin de Satan* et jusqu'au *Théâtre en liberté*. J'ai retrouvé partout les éblouissements qu'il m'avait causés dans ma jeunesse. Car ceux de notre âge sont tous nourris de son lait, de son miel, de sa chair. A la seule évocation de son nom, les vers s'allument dans notre mémoire et s'élancent jusqu'au ciel en gerbes de feu de toutes les couleurs. Je comprends que Chateaubriand l'ait appelé enfant sublime. On dit maintenant que le mot n'est pas vrai. Tant pis pour Chateaubriand. On dit aussi que le poète ne descend pas, comme il l'a prétendu, des Hugo, qui furent capitaines dans les troupes de René II, duc de Lorraine. Tant pis pour les capitaines du duc René II. Ce qui est certain, c'est qu'il fait partie désormais de l'air que nous respirons; il a passé dans le sang de la France. S'il n'appartient plus à la Lorraine par ses aïeux, il tient, par son génie, au sol de la patrie intellectuelle, de l'éternelle patrie française que nul ne peut envahir ni morceler.

Maintenant, si l'on rapproche votre préface du discours que nous venons d'entendre, il sera facile de constater que, tout en exceptant Victor Hugo, vos idées générales ne se sont pas modifiées. Cette exception n'est pas une simple courtoisie académique, puisque, dans l'oraison funèbre que vous avez prononcée le jour des funérailles, vous avez appelé le mort « l'éternelle lumière qui nous guidera éternellement vers l'éternelle beauté, » qu'aujourd'hui vous déclarez son œuvre unique entre toutes, en ce qui la caractérise. Par cette toute petite restriction vous pouvez vous maintenir dans vos théories premières et, dans votre aspiration finale : la direction;

plus ou moins éloignée dans l'avenir, de l'âme humaine par les poètes régénérés. Je crains que vous ne fassiez là, Monsieur, un rêve irréalisable, qui doit tenir à vos origines orientales et à vos idées personnelles en matière religieuse.

Cette éducation par les poètes pouvait peut-être se justifier quand les rapports du ciel et de la terre étaient dans d'autres conditions qu'aujourd'hui, quand les Dieux quittaient à chaque instant l'Olympe pour avoir commerce avec les hommes et quelquefois avec les femmes ; quand Athéné, fille de Zeus tempétueux, saisissait le Péleion, visible pour lui seul, et lui parlait au milieu des batailles, quand Diane se tenait à la disposition d'Endymion et que Junon, Minerve et Vénus acceptaient, dans une question purement plastique, d'ailleurs, l'arbitrage d'un simple berger, qui en devenait audacieux jusqu'à susciter les catastrophes qu'Homère a si bien chantées et que vous avez si bien traduites. La morale que les poètes initiés à ces mystères divins pouvaient enseigner aux hommes était assez faite d'imagination et d'opportunité, pour que les poèmes lyriques et dramatiques y fussent suffisants. Mais depuis Valmiki et Homère, un fait extraordinaire et imprévu, quoique prédit, a eu lieu. Au milieu des poèmes orphiques et védiques, tout à coup on a vu tomber, du ciel, dit-on, un petit livre, un tout petit livre, dont le contenu ne remplirait pas un chant de l'*Iliade* ou du *Ramayana ;* et ce petit livre racontait aux hommes la plus merveilleuse histoire qu'ils eussent jamais entendue, et leur proposait la morale la plus pure, la plus intelligible, la plus consolante et la plus profitable qui eût jamais été proclamée sur la terre. L'humanité se sentit tout à coup une âme nouvelle à la voix de certains rapsodes venus du petit pays de Judée, récitant et propageant, par le monde, leur poème qu'ils déclaraient divin, avec tant de conviction et d'enthousiasme, qu'ils se laissaient mettre en croix ou livrer aux bêtes plutôt que d'en désavouer un mot. Les poèmes religieux de l'antiquité s'effacèrent alors sinon de la mémoire, du moins de la conscience des hommes, comme au premier rayon de soleil s'éteignent les étoiles qui ne sont lumière que pour la nuit.

> Ce que la Cène vit et ce qu'elle entendit
> Est écrit dans le livre où pas un mot ne change
> Par les quatre hommes purs près de qui l'on voit l'ange,
> Le lion et le bœuf, et l'aigle et le ciel bleu.
> *Cette histoire par eux semble ajoutée à Dieu,*
> Comme s'ils écrivaient en marge de l'abîme ;
> Tout leur livre ressemble au rayon d'une cime ;
> Chaque page y frémit sous le frisson sacré ;
> Et c'est pourquoi la terre a dit : Je le lirai.
> Les peuples qui n'ont pas ce livre le mendient ;
> Et vingt siècles penchés dans l'ombre l'étudient.

Voilà ce que Victor Hugo dit de ce petit livre dans la *Fin de Satan,* qui est la conclusion philosophique de la *Légende des siècles.*

A partir de ce fait, l'humanité a passé de l'idolâtrie du Beau à la religion du Bien. L'âme a ses besoins comme le corps et l'esprit. L'art qui, selon vous, doit être son propre but à lui-même, n'en crut pas moins devoir se mettre pieusement au service de la révélation affirmée divine. Dieu eut, comme les Dieux, ses Phidias et ses Lysippe, ses Appelle et ses Zeuxis dans les Donatello et les Michel-Ange, dans les Léonard et les Raphaël, et la musique naquit, comme pour réunir en une seule toutes les voix de la création à la louange du Créateur récemment dévoilé ; enfin la poésie elle-même, abdiquant sa souveraineté directe sur les esprits, se fit la vassale et mena le Chœur de la bonne nouvelle.

Sous le souffle du Dieu de Moïse et de Jésus, elle inspira la *Divine Comédie* à Dante, la *Messiade* à Klopstock, *Polyeucte* à Corneille, *Athalie* à Racine, le *Paradis perdu* à Milton, *Faust* à Gœthe, si bien que lorsque vous êtes venu en France, tout pénétré des poésies orientale et grecque, aux sources desquelles vous vouliez nous ramener, vous vous êtes trouvé en face de poètes chrétiens, dernier reflet de ce que vous appelez la religiosité factice et sensuelle de Chateaubriand.

Lamartine, Hugo, Musset étaient chez nous les chantres de cette poésie spiritualiste.

Lamartine disait :

> O Père qu'adore mon père,
> Toi qu'on ne nomme qu'à genoux ;
> Toi dont le nom terrible et doux
> Fait courber le front de ma mère ;
>
> On dit que ce brillant soleil
> N'est qu'un jouet de ta puissance,
> Que sous tes pieds il se balance
> Comme une lampe de vermeil.

On dit que c'est toi qui fais naître
Les petits oiseaux dans les champs
Et qui donne aux petits enfants
Une âme aussi pour te connaître.

Et pour obtenir chaque don
Que chaque jour tu fais éclore
A midi, le soir, à l'aurore,
Que faut-il? Prononcer ton nom.

Mets dans mon âme la justice,
Sur mes lèvres la vérité;
Qu'avec crainte et docilité
Ta parole en mon cœur mûrisse,

Et que ma voix s'élève à toi
Comme cette douce fumée
Que balance l'urne embaumée
Dans la main d'enfants, comme moi.

Victor Hugo disait à sa fille : « Ma fille va prier, »
et, lorsque, quinze ans après, la mort lui prenait
cette fille, il s'écriait :

Maintenant! Oh! mon Dieu, que j'ai ce calme sombre
    De pouvoir désormais
Voir de mes yeux la pierre où je sais que dans l'ombre
    Elle dort pour jamais,

Maintenant, qu'attendri par ces divins spectacles,
Plaines, forêts, rochers, vallons, fleuve argenté;
Voyant ma petitesse et voyant vos miracles,
Je reprends ma raison devant l'immensité;

Je viens à vous, Seigneur, Père auquel il faut croire;
    Je vous porte apaisé
Les morceaux de ce cœur tout plein de votre gloire
    Que vous avez brisé;

Je viens à vous, Seigneur, confessant que vous êtes
Bon, clément, indulgent et doux, ô Dieu vivant!
Je conviens que vous seul savez ce que vous faites
Et que l'homme n'est rien qu'un jonc qui tremble au vent.

Je dis que le tombeau qui sur le corps se ferme
    Ouvre le firmament,
Et que ce qu'ici-bas nous prenons pour le terme
    Est le commencement.

Je conviens à genoux que vous seul, Père Auguste,
Possédez l'Infini, le réel, l'absolu ;
Je conviens qu'il est bon, je conviens qu'il est juste
Que mon cœur ait saigné puisque Dieu l'a voulu.

Enfin Musset, à qui quelques-uns, qui ne l'ont peut-être pas assez lu, reprochent de n'avoir chanté toute sa vie que la chanson de Chérubin à sa marraine, qu'il chantait fort bien d'ailleurs, enfin Musset qui avait dit :

Celui qui ne sait pas, quand la brise étouffée
Soupire au fond des bois son tendre et long chagrin,
Sortir seul au hasard, chantant quelque refrain,
Plus fier qu'Ophélia de romarin coiffée,
Plus étourdi qu'un page amoureux d'une fée,
Sur son chapeau cassé jouant du tambourin,

Celui qui ne sait pas, durant les nuits brûlantes.
Qui font pâlir d'amour l'étoile de Vénus,
Se lever en sursaut, sans raison, les pieds nus,
Marcher, prier, pleurer, des larmes ruisselantes,
Le chœur plein de pitié pour des maux inconnus,

Que celui-là rature et barbouille à son aise ;
Il peut tant qu'il voudra rimer à tours de bras,
Ravauder l'oripeau qu'on appelle antithèse,
Et s'en aller ainsi jusqu'au Père-Lachaise,
Traînant à ses talons tous les sots d'ici-bas ;
Grand homme si l'on veut, mais poète non pas.

Celui qui, à vingt-deux ans, faisait cette belle invocation à l'amour et à l'esthétique, — six ans après, quand l'amour l'avait blessé, cherchant à se reprendre, s'écriait, après avoir répondu, sans réplique

possible, à toutes les philosophies passées, présentes
et futures :

> Ah ! pauvres insensés, misérables cervelles,
> Qui de tant de façons avez tout expliqué,
> Pour aller jusqu'aux cieux il vous fallait des ailes,
> Vous aviez le désir, la foi vous a manqué.
> Je vous plains ; votre orgueil part d'une âme blessée,
> Vous sentiez les tourments dont mon cœur est rempli,
> Et vous la connaissiez cette amère pensée
> Qui fait frissonner l'homme en voyant l'infini.
> Eh bien, prions ensemble, abjurons la misère
> De vos calculs d'enfants, de tant de vains travaux ;
> Maintenant que vos corps sont réduits en poussière,
> J'irai m'agenouiller, pour vous, sur vos tombeaux.
> Venez, rhéteurs païens, maîtres de la science,
> Chrétiens des temps passés et rêveurs d'aujourd'hui ;
> Croyez-moi, la prière est un cri d'espérance !
> Pour que Dieu nous réponde, adressons-nous à lui.
> Il est juste, il est bon ! sans doute il vous pardonne.
> Tous vous avez souffert ; le reste est oublié !
> Si le ciel est désert nous n'offensons personne,
> Si quelqu'un nous entend qu'il nous prenne en pitié.

Vive Dieu ! c'est le cas de le dire, voilà de beaux
vers, Monsieur, et je n'en sais pas de plus beaux
dans notre langue, bien que j'en sache beaucoup.
Si vous mettez à côté des trois pièces que je viens
de citer le *Lac* de Lamartine, la *Tristesse d'Olympio*
de Victor Hugo, le *Souvenir* ou une des *Nuits*, celle
que vous voudrez, de Musset, vous aurez avec les
chœurs d'*Athalie*, d'*Esther* et de *Polyeucte*, avec l'admirable traduction en vers de l'*Imitation* par Corneille, vous aurez à peu près le dernier mot de notre
poésie d'amour terrestre et divin. C'est cela que vous
venez combattre ; c'est cela que vous voulez ren-

verser. Tentative comme une autre. Tout est permis quand la sincérité fait le fond, d'autant plus que ce que vous avez conseillé aux poètes nouveaux de faire, vous l'avez commencé vous-même, résolument, patiemment. Vous avez immolé en vous l'émotion personnelle, vaincu la passion, anéanti la sensation, étouffé le sentiment. Vous avez voulu, dans votre œuvre, que tout ce qui est de l'humain vous restât étranger. Impassible, brillant et inaltérable comme l'antique miroir d'argent poli, vous avez vu passer et vous avez reflété tels quels, les mondes, les faits, les âges, les choses extérieures. Les tentations ne vous ont pas manqué cependant, si j'en crois le cri que vous avez laissé échapper dans la *Vipère*. C'est le seul. Vous ne voulez pas que le poète nous entretienne des choses de l'âme, trop intimes et trop vulgaires. Plus d'émotion, plus d'idéal; plus de sentiment, plus de foi; plus de battements de cœur, plus de larmes. Vous faites le ciel désert et la terre muette. Vous voulez rendre la vie à la poésie, et vous lui retirez ce qui est la vie même de l'Univers, l'amour, l'éternel amour. La nature matérielle, la science, la philosophie vous suffisent.

Certes le firmament, le soleil, la lune, les étoiles, les océans, les forêts, les divinités, les monstres, les animaux sont intéressants; mais moi aussi je suis intéressant, moi, l'homme. Mon moi qui vit, qui aime, qui pense, qui souffre, qui espère au point de croire à ce que rien ne lui prouve, ce moi, guenille je veux bien, mais guenille qui m'est

chère, ce moi a autant de droits que le reste de
l'Univers à l'expression de son amour, de sa dou-
leur, de son espérance, de sa foi, de son rêve. Si je
pardonne aux poètes, si je leur demande même de
me parler d'eux, c'est qu'en me parlant d'eux, s'ils
en parlent bien, ils me parlent de moi. Discussions,
raisonnements, théories, esthétique, rien n'y fait;
rien n'y fera. Nous ne sommes qu'à ce qui nous
émeut. L'âme humaine ressemble à l'Agnès de
Molière. A tous les arguments d'école, elle répond
ce que l'innocente pupille d'Arnolphe répond à son
vieux tuteur quand il veut se faire aimer d'elle :

> Tenez, tous vos discours ne me troublent point l'âme,
> Horace, avec deux mots, en ferait plus que vous.

Ces deux mots que l'humanité, comme Agnès,
veut toujours entendre, qui doivent l'entraîner et
la convaincre, ce sont justement ceux que vous
excluez de la poésie. Et quelle compensation lui
offrez-vous en échange? Après cinquante ans d'é-
rudition, de méditation, d'initiation aux traditions
de tous les temps, quelle est la philosophie de votre
trilogie colorée, puissante, des *Poèmes antiques*, des
Poèmes barbares, des *Poèmes tragiques?* Ce sont ces
deux grandes imprécations de Caïn et de Bahavat
dont la conclusion est le néant du monde et dont
l'idéal est la mort.

> J'ai goûté peu de joie et j'ai l'âme assouvie,
> Des jours *nouveaux* non moins que des siècles anciens;
> Dans le sable stérile où dorment tous les miens,
> Que ne puis-je finir le songe de ma vie.
> . . . .

Ah ! dans vos lits profonds quand je pourrai descendre,
Comme un forçat vieilli qui voit tomber ses fers,
Que j'aimerai sentir, libre des maux soufferts,
Ce qui fut moi, rentrer dans la commune cendre ;

. . . .

Et toi, divine mort, où tout rentre et s'efface,
Accueille tes enfants dans ton sein étoilé ;
Affranchis-nous du temps, du nombre et de l'espace,
Et rends-nous le repos que la vie a troublé.

Voilà ce que vous nous rapportez pour nous régénérer après les trois mille ans de barbarie intellectuelle que nous avons traversés, selon vous, depuis Homère, Eschyle et Sophocle. Voilà l'éducation que les adeptes de la poésie telle que vous la concevez donneraient aux générations nouvelles en reprenant la direction des âmes : le vide de l'être, la soif de la mort. C'est la conclusion de l'Ecclésiaste, il y a plus de deux mille ans, et de Schopenhauer ces jours-ci. Êtes-vous sûr de ne pas retomber, sans vous en apercevoir, dans les révoltes et les blasphèmes de Lara, dans les tristesses de René, dans les mélancolies d'Obermann ? Heureusement, faut-il vous dire ma pensée ? je ne crois pas au véritable désir de mourir chez ceux qui, l'ayant exprimé, surtout en d'aussi beaux vers que ceux que je viens de citer, continuent à vivre. Toute cette désespérance ne me semble plus alors que littéraire. De toutes les choses que l'homme peut souhaiter, la fortune, la richesse, la santé, l'amour, la renommée, la mort, la mort est justement la seule qu'il soit en son pouvoir de se procurer tout de suite, sans l'appui des dieux, sans le secours des hommes. Eh bien, c'est justement la seule qu'il ne se procure presque jamais. La mort a du bon, mais l'homme lui préférera toujours la vie, pour commencer. A ce point que l'espérance que nous avons d'être éternels dans un autre monde n'est peut-être faite, pour beaucoup, que du désespoir de ne pas l'être dans celui-ci. Toutes nos doléances, à ce sujet, aboutissent finalement à la fable de la Mort et du Bûcheron, du bonhomme La Fontaine, philosophe pour enfants, qui a fait dire aux bêtes tant de choses raisonnables, à qui nos mères nous mènent de force quand nous sommes petits, à qui nous revenons tout seuls quand nous sommes vieux, dont la philosophie est peut-être la seule qui soit à la mesure de l'homme et à laquelle il me semble que vous commencez vous-même à faire retour. Et la preuve, c'est que nous vous voyons là, vivant, bien vivant, grâce à Dieu, et même immortel, immortel comme nous le sommes tous ici ; je ne vous garantis pas davantage. Durant cette immortalité mutuelle, nous nous efforcerons de vous faire aimer la vie, pour que vous puissiez écrire longtemps encore de beaux vers sur la mort. Et vous verrez que cette vie a quelques bons moments, comme celui-ci par exemple, où j'éprouve une véritable joie, je vous assure, à honorer publiquement, tout en le contredisant un peu, un homme de grand talent et d'un beau caractère.

Quand j'ai su que je devais vous répondre, Monsieur, j'ai attendu, je vous l'avoue, avec impatience, la communication de votre discours. Il me semblait

devoir être pour vous l'occasion d'un manifeste définitif, d'une étude qui ne pouvait manquer d'être
intéressante, quelles que fussent vos conclusions,
sur l'état de la poésie en France, depuis 1820. Cette
étude, vous n'avez pas cru devoir la faire. Pas un
mot de Lamartine ni de Musset. Moi seul et tous
ceux qui nous écoutent, nous sommes souvenus
d'eux. Du reste, je dois vous prévenir tout de suite,
pour vous éviter tout malentendu inutile dans vos
futurs entretiens avec vos nouveaux confrères, qu'à
l'Académie, nous continuons à admirer passionné-
ment l'un et à aimer follement l'autre. Souvenirs,
habitudes de jeunesse sans doute ! Vous n'avez fait
qu'une seule allusion au *Moïse* d'Alfred de Vigny et
à une de ses pensées. Voilà tout ce que vous accor-
dez à l'école romantique; c'est peu. J'aurais voulu
aussi vous voir entrer dans quelques détails sur les
procédés de l'école nouvelle de versification dont
Victor Hugo a été et reste le chef, dont vous êtes le
continuateur le plus autorisé, encore plus sévère
que lui, sur ces questions de césure, de rejets, d'en-
jambements, de rimes riches ou pauvres, avec ou
sans consonne d'appui, enfin sur toutes ces questions de technique et de prosodie qui font tant de
bruit sur le nouveau Parnasse. Vous auriez pu nous
dire où nous en sommes avec notre vieux Boileau,
s'il a toujours raison pour vous comme pour moi,
par exemple, qui, en matière de versification, reste
convaincu qu'on peut tout dire dans la forme dont
Malherbe, Regnier, Corneille, Racine, Molière, se

sont contentés. J'aime les vers qui s'en vont deux à deux, comme les bœufs ou les amoureux, et je m'imagine que les vers appelés à se fixer dans la mémoire des hommes, sont ceux qui sont construits de cette sorte, et qui enferment une belle idée ou une belle image dans un vers dont Boileau eût approuvé la structure.

Victor Hugo ne s'est que bien rarement écarté des règles traditionnelles, même dans la pièce intitulée *Réponse à un acte d'accusation* et où il prétend avoir bouleversé la langue. Il connaissait très bien sa langue ; il savait mieux que personne qu'on ne la bouleverse que comme on bouleverse la vieille terre du nouveau monde, pour y chercher de l'or. Il a été et il restera un classique si l'on entend ce mot comme nous l'entendons ici : auteur de premier rang devenu modèle dans une langue quelconque. Ce que la langue poétique lui doit, au point de vue de la facture, disons le mot, du métier, c'est la règle nouvelle qu'il a imposée à la rime et dont non seulement aucun poète ne peut plus s'écarter, mais que quelques-uns exagèrent jusqu'au tour de force et au calembour. Ce qu'il a fait éclater au bout de ses vers de rimes inusitées jusque-là, sonores, étincelantes, c'est inouï. Comme il devait, il faut bien le dire, procéder plus par images que par idées, il avait besoin de rimes faisant image elles-mêmes. On peut être forcé de parler en prose ; on n'est jamais forcé de parler en vers. Si la rime ne nous apporte pas à la fin du vers, un étonnement délicat, une surprise ingénieuse, si elle ne nous emporte pas sur son aile, si elle ne nous éblouit pas de son rayon, ce n'est pas la peine de s'exprimer en lignes plus courtes que les autres. Ce n'est donc qu'en obéissant à de certaines lois rigides, dont le vulgaire ignore le secret tout en en subissant le charme qu'on pourra se croire en droit de placer la poésie au-dessus de la prose, comme on accorde à la femme, dans les relations sociales, le droit de préséance sur l'homme, à cause de certains avantages extérieurs qui ne s'adressent pas toujours à la seule intelligence. Il y a, en présence d'une belle personne, une émotion de l'œil, un frisson particulier qui ne sont pas arguments irréfutables et qui ressemblent un peu à la sensation que la forme poétique cause tout d'abord par elle-même. Les juges qui condamnent Socrate peuvent acquitter et même glorifier Phryné; moins de dix ou quinze ans après, ce sera Socrate qui aura raison jusqu'à la fin des siècles. Ainsi souvent de la prose et de la poésie. Quand Pascal dit : « Le cœur a des raisons que la raison ne connaît point, » quand La Rochefoucauld dit : « L'hypocrisie est un hommage que le vice rend à la vertu, » quand saint Augustin dit : « Tout ce qui finit est court; » je ne vois pas ce que la cadence du rythme et l'éclat de la rime pourraient ajouter à ces belles pensées, si concises, si claires, si vraies, qui se fixent à jamais dans ma mémoire comme les plus beaux vers, mais en fortifiant mon expérience et en satisfaisant ma raison. Ici la précision et la probité de la prose valent toutes les splendeurs du nombre. La vérité est que l'on a la mauvaise habitude de demander à la poésie plus d'éclat que de profondeur, plus de charme et de grâce que de solidité. On ne tient pas généralement à l'entière logique de ce que les poètes disent, pourvu que ce qu'ils disent soit touchant ou simplement musical. On suit ces esprits ailés partant tous les jours pour les nuages, quitte à en revenir seul, quand ils y restent trop longtemps.

C'est contre cette poésie vraiment vaporeuse que Victor Hugo est venu protester d'abord, avec Lamartine et Musset, ceux-ci moins soucieux de la forme, peut-être parce qu'ils sont plus soucieux du fond. Enfin, vous venez, Monsieur, déclarant que la régénération de la poésie ne peut être opérée que par sa fusion avec la science. Avec une pareille esthétique, la forme devait être modifiée, pour ainsi dire, de fond en comble. Il fallait nécessairement que votre langue poétique eût avec l'harmonie, la couleur et la souplesse de la langue de sentiment, la précision, la fermeté des termes scientifiques. C'était là le problème à résoudre ; vous l'avez résolu. Vous avez enfermé, quant au métier, les poètes à venir dans les lois rigoureuses dont ils ne pourront plus sortir sans s'évaporer dans le bleu ou se noyer dans le gris, et les élèves de Victor Hugo, après s'être égarés dans les mille chemins que le maître s'est frayés et que, seul, il pouvait parcourir jusqu'au bout, ne parviendront à faire œuvre qui dure que s'ils reviennent maintenant à votre école. C'est vous qui

leur apprendrez à la fois l'habile et sage construction
du vers, la mesure, la proportion et tous les scru-
pules d'un goût raffiné, le discernement dans le
rejet et la césure irrégulière qui, selon moi, est
toujours signe d'impuissance ou de prétention.
Vous vous êtes permis quelquefois cette césure
irrégulière ; prenez garde, on en abusera. N'ayez
pas ce reproche à vous faire, car nul ne possède, à
un plus haut degré que vous, le sens de la beauté
du mot par lui-même, sans l'assistance de la com-
paraison ; votre vers est plein, sans être jamais lourd,
et le choix toujours heureux du rythme lui donne,
en même temps que la majesté, la grâce et la souplesse de ces belles filles grecques, nées, sans le
savoir, pour inspirer des statues.

Pardonnez-moi, Monsieur, si je me permets de
traiter une matière où vous êtes passé maître, mais
c'est votre faute. Vous m'avez laissé à dire trop de
choses que vous auriez dites beaucoup mieux que
moi, et mon discours va paraître, paraît déjà trop
long de tout ce que vous avez écarté du vôtre. Je ne
compte, pour me faire absoudre, que sur mon incompétence. S'il faut tout dire, ce doit être cette
incompétence même qui m'a valu, de la part de
l'Académie, l'honneur de vous recevoir en son nom
et de prendre ma part de ce que vous appelez si
justement la redoutable tâche de parler de Victor
Hugo. Elle y aura vu comme une garantie de plus
de la bonne foi et de l'exactitude qu'elle exige. Et
puis elle s'est souvenue que, si je ne suis pas de la

famille naturelle du grand écrivain, je suis un peu de sa famille volontaire, acquise. Il y a entre lui et moi quelque chose qui n'existe pour aucun de nos confrères. J'étais tout enfant quand je l'ai connu; ses fils, plus jeunes que moi, l'un de deux ans, l'autre de quatre, étaient mes camarades; ils venaient quelquefois passer leur dimanche chez moi, non sans que leur mère s'en inquiétât; elle craignait pour eux la grande liberté dont j'ai joui, de trop bonne heure peut-être, mais qui m'a appris beaucoup de choses, bonnes à savoir, que je n'aurais peut-être pas sues sans cela, et qui ne sont pas toutes dans les livres. Ceux qui lisent savent beaucoup; ceux qui regardent savent quelquefois davantage. Tel que vous me voyez, Monsieur, à vingt ans, je donnais déjà de bons conseils aux fils de Victor Hugo. J'ai toujours été sermonneur; je commence seulement à l'être un peu moins; je m'aperçois que cela ne sert à rien. De plus, l'auteur d'*Hernani* et l'auteur d'*Henri III* étaient restés amis, quoique confrères, et l'on retrouverait dans la biographie de l'un par un témoin oculaire de sa vie, et dans les mémoires de l'autre, des témoignages de cette bonne confraternité et de cette amitié sincère. Ils sont nés la même année; ils ont connu les mêmes misères; ils ont arboré le même drapeau; ils ont soutenu les mêmes luttes; ils ont tenté la même révolution dramatique, l'auteur d'*Henri III* un peu plus tôt que l'auteur d'*Hernani*. Parmi mes livres précieux, j'ai un exemplaire de

Marion de Lorme avec cette dédicace autographe :
« A mon bon, loyal et vaillant ami Alexandre Du-
mas. » Ce sont les seuls titres que je veuille invo-
quer ici pour mon père. Ils lui suffiront aujour-
d'hui. Le talent, c'est bien ; le caractère, c'est
mieux. Pendant l'exil, celui qui était resté en
France dédiait à l'exilé un de ses drames qui venait
d'avoir un grand succès, et l'exilé lui répondait par
une pièce des *Contemplations*. Un jour que j'avais
à annoncer au maître un événement heureux de ma
vie, je lui écrivis et je mis sur l'enveloppe ces seuls
mots : *Victor Hugo, Océan*. La lettre lui arriva tout
droit, et il fut touché de cet hommage, de cette
image en deux mots. Quand je me suis présenté
aux suffrages de l'Académie, Victor Hugo, qui
n'était pas revenu ici depuis son retour en France,
y est revenu voter pour moi, pour le fils de son
ancien ami, et ensuite obstinément pour vous, car
il votait toujours pour vous, quel que fût le can-
didat. Enfin, d'autres, beaucoup d'autres, dans
notre Compagnie, auraient parlé de lui avec plus
d'éloquence que moi, aucun ne l'aurait fait avec
plus de respectueuse et tendre sincérité. C'était, je
crois, ce que tout le monde voulait. Voilà, Monsieur, comment je me trouve en face de vous. Nous
sommes réunis par l'admiration et par la reconnaissance. Ce sont les liens les plus forts et les plus
doux pour des cœurs un peu élevés.

Il y a, dans Victor Hugo, trois hommes : le poète,
le philosophe, le politique.

Le politique, je le laisserai tout de suite de côté. Hugo, mort, n'a plus rien à faire avec la politique, chez nous du moins. Nous le reprenons au nom des lettres, nous le gardons et nous ne le rendons pas. Cependant il me faut répondre à une assertion de vous que je crois erronée. Vous dites quelque part, pour l'excuser sans doute : « Il s'est cru royaliste et catholique. » Il ne s'est pas cru royaliste et catholique ; il l'a bel et bien été et très sincèrement, comme il a bel et bien et très sincèrement cessé d'être l'un et l'autre. Il l'a dit et répété maintes fois en vers et en prose ; il n'y a donc pas à en douter. Du reste, nul n'a été, dans ses actes comme dans ses œuvres, plus sincère et plus convaincu que lui, toujours. Nous avons tous le droit de modifier les idées politiques et religieuses que la famille et la société ont imposées à notre enfance ignorante et soumise ; c'est affaire entre notre conscience et nous. Si le coup de tonnerre du chemin de Damas a raison pour saint Paul, si la parole de saint Ambroise a raison pour saint Augustin, qui prouvera tout de suite, quand nos idées se modifient, que ce n'est pas saint Ambroise que nous écoutons ou le ciel lui-même qui nous parle? Ce que nous pouvons rechercher, parce que ce sera une étude psychologique de Victor Hugo propre à faire comprendre une partie de son œuvre littéraire, c'est pourquoi il a cessé d'être royaliste et catholique. A cet effet, il faut se placer à un certain point de vue ; il faut se demander pourquoi la nature avait créé cet homme à part? Elle l'avait créé pour chanter, partout, sans entrave, quand même, tout ce qui peut être chanté. Il n'a pas été seulement un poète, il a été le poète, celui qu'un invisible Dieu possède, domine et torture ; il a été l'instrument sinon le plus mélodieux, du moins le plus sonore qui ait jamais vibré aux quatre vents de l'esprit. Quand on pense que de seize à dix-huit ans ce collégien faisait, entre deux devoirs, ces odes admirables de *Moïse sur le Nil*, des *Vierges de Verdun*, de la *Vendée*, de la *Statue de Henri IV*, de la *Mort du duc de Berry* et qu'il a continué ainsi pendant près de soixante-dix ans, amoncelant poèmes sur poèmes, drames sur drames, romans sur romans, que tout ce qui est du passé, du présent de l'avenir, de l'invisible, de l'infini et même de l'inconnu a traversé, en images incessantes, ce cerveau énorme, toujours en mouvement, toujours en ébullition, qu'il nous envoie encore sa pensée du fond de sa tombe lumineuse, quel droit aurions-nous de lui demander autre chose que ce qu'il avait reçu de Dieu mission de faire ici-bas?

Cette mission l'a-t-il accomplie? Voilà toute la question. Il l'a accomplie, évidemment. Quand il nous dit :

> Mon sillon le voici, ma gerbe la voilà,

qu'avons-nous à répondre si ce n'est de le remercier d'avoir tracé ce sillon et de nous avoir donné cette gerbe? Fait pour recevoir des impressions et pour

rendre des chants il a obéi à sa destinée, comme le
fleuve qui coule, comme le vent qui souffle, comme
le nuage qui passe, comme l'éclair qui luit, comme
la mer qui gronde. Il est une force indomptable, un
élément irréductible, une sorte d'Attila du monde
intellectuel, allant dans tous les sens, à la conquête
de ce qu'il voit et de ce qu'il veut, s'emparant de
tout ce qui peut lui servir, brisant ou rejetant tout
ce qui ne lui sert plus. C'est l'implacable génie qui
n'a instinctivement souci que de soi-même. Il y a là
une de ces fatalités originelles, par moments mons-
trueuses, dont quelques physiologistes se sont
autorisés pour soutenir que le génie était une forme
resplendissante de la folie. Or, Victor Hugo a le
caractère essentiel, inéluctable de cette folie sublime que la science n'arrivera cependant pas à faire
rentrer dans la pathologie : il a l'idée fixe. Cette
idée fixe c'est tout simplement, dès qu'il arrive à
l'âge de raison, de devenir le plus grand poète de
son pays et de son temps, et, à mesure qu'il avance
dans la vie, d'être le plus grand homme de tous les
pays et de tous les temps. C'est de ce point de vue
qu'il faut le considérer, à mon avis, si l'on veut
s'expliquer ce qui ne paraît pas tout de suite expli-
cable. A quinze ans, il monte dans sa tête, et il n'en
redescend plus jusqu'à sa mort. C'est pour cela qu'il
verra toujours les choses de si haut. L'unité qui ne
sera pas dans ses actes ni dans son œuvre, sera dans
sa volonté qui est de fer, et qu'il tendra vers le but
où il marche. Ce but il ne le quittera pas des yeux

une seconde. Il écarte tout ce qui pourrait retarder sa marche, même ce qui est le plus naturel, le plus séduisant, ce qui passe pour être le premier idéal de tous les hommes et la première inspiration de tous les poètes : l'amour. Dans les deux volumes des *Odes et ballades*, on ne le surprend pas une seule fois ni avec la Camille de Chénier, ni avec la Mimi Pinson de Musset, ni avec la Lisette de Béranger, ni même avec l'Elvire, peut-être imaginaire, de Lamartine. Il a le respect de son cœur et la domination de ses sens. Il se réserve pour l'épithalame, car celle qu'il épouse, celle pour laquelle il dira plus tard : « Manibus date lilia plenis » est non seulement la première qu'il aime, mais la seule qu'il ait regardée. Plus tard, quand il chantera l'amour comme il chantera tout ce qui est de la nature, on ne pourra pas citer, dans toute son œuvre lyrique et dramatique, un vers, un seul qui soit une véritable extase ou un véritable cri. Il ne se livre jamais . Le féminin qui remplira la vie de Musset et qui l'inspirera si magnifiquement, laisse Victor Hugo indifférent, du moins du côté de l'âme. Nombre de pièces où l'absence de date peut passer pour une confidence au lecteur, ne sonnent dans leur forme éclatante, que comme des pièces d'or jetées par une main qui ne compte pas dans l'aumônière d'une belle quêteuse. Le cœur n'y est pour rien. Ce Jupiter a fait quelquefois aux amours terrestres la concession de se changer en cygne ou en taureau pour se rendre visible et compréhensible à des

créatures mortelles, pour prouver sa grâce et sa
force, pour se reposer un moment de ses travaux et
de sa grandeur, mais il n'a aimé vraiment qu'une
femme, la seule qui pût satisfaire ce mâle prodigieux : la Gloire! A quinze ans il écrit sur son
cahier de classe : Je serai Chateaubriand ou rien.
A dix-neuf ans, dans la première ode de son premier recueil, le *Poète dans les révolutions,* il s'écrie :

> Qu'un autre au céleste martyre
> Préfère un repos sans honneur!
> La gloire est le but où j'aspire.

Il a aimé la gloire jusqu'à croire que la popularité,
cette gloire en gros sous, comme il dit dans *Ruy
Blas,* pouvait y ajouter quelque chose, jusqu'à ne
jamais pardonner à quiconque ne reconnaissait pas
la sienne et se permettait de la discuter. Plus tard,
il a aimé la liberté, ardemment, pour lui, et pour
les autres, ce qui est rare, parce qu'il a compris que
la liberté seule pouvait lui donner la gloire telle
qu'il la voulait, et qu'un simple poète ne pouvait
aspirer à être au-dessus de tous, que dans une
société démocratique où les hiérarchies convention-
nelles et les suprématies de naissance et de tradition
n'existent plus. Comment voulez-vous qu'une pareille imagination et un pareil tempérament, faits
de toutes les forces de la nature, se laissent éternellement emprisonner dans des combinaisons humaines et des convenances sociales qui font, qui
sont là pour faire obstacle à l'expression de leur

pensée et à la réalisation de leur rêve ? Il n'admettait donc pas qu'il pût être enfermé dans des formes de gouvernement et de culte où il n'eût pas le droit de tout dire et chance d'être ainsi le premier. Il a répudié la Monarchie et le Catholicisme, parce que, dans ces deux formes sociale et religieuse de l'État, il aurait toujours eu inévitablement quelqu'un au-dessus de lui. Il eût accepté la monarchie s'il avait pu arriver à être roi : il eût persévéré dans le catholicisme, s'il avait pu arriver à être Pape, à réunir en lui le Pape et l'Empereur, ces deux moitiés de Dieu, comme il dit dans *Hernani.*

Suivons-le dans le développement logique de son idéal terrestre. A la fin de la préface de *Marion de Lorme,* il dit : « Pourquoi ne viendrait-il pas un poète qui serait à Shakespeare ce que Napoléon est à Charlemagne. » Il n'en est déjà plus à Chateaubriand dont la gloire commence à lui paraître bien pâle ; et le voilà qui tente l'ascension vers Shakespeare, en même temps qu'il établit un rapprochement entre ce Charlemagne qu'il vient de glorifier sur la scène et ce Napoléon qu'il a commencé par appeler Bonaparte et dont il avait dit, en des vers admirables :

> Il fallut presque un Dieu pour consacrer cet homme ;
> Le Prêtre monarque de Rome
> Vint bénir son front menaçant ;
> Car, sans doute, en secret, effrayé de lui-même,
> Il voulait recevoir son sanglant diadème
> Des mains d'où le pardon descend.

> Les mers auront sa tombe, et l'oubli la devance.—
> En vain à Saint-Denis il fit poser d'avance

> Un sépulcre de marbre et d'or étincelant.
> Le sort n'a pas voulu que de royales ombres
> Vissent, en revenant pleurer sous ces murs sombres,
> Dormir dans leur tombeau son cadavre insolent.

Six ans après avoir écrit ces beaux vers, il écrira ceux-ci non moins beaux, bien qu'ils disent tout le contraire :

> Dors, nous t'irons chercher; ce jour viendra peut-être,
> Car nous t'avons pour Dieu, sans t'avoir eu pour maître;
> Car notre œil s'est mouillé de ton destin fatal;
> Et, *sous les trois couleurs*, comme sous l'oriflamme,
> Nous ne nous pendons pas à cette corde infâme
> Qui t'arrache à ton piédestal.
>
> Oh! va, nous te ferons de belles funérailles!
> Peut-être quelque jour nous aurons nos batailles!
> Nous en ombragerons ton cercueil respecté;
> Nous y convierons tout : Europe, Afrique, Asie,
> Et nous t'amènerons la jeune Poésie
> Chantant la jeune Liberté.

Qu'est devenu le cadavre insolent? A partir de ce moment, la figure de Napoléon le hante, le trouble et l'inspire de plus en plus. Pourquoi? Parce que Napoléon est l'incarnation de la plus grande gloire à laquelle un homme puisse prétendre. Il faut au poète une gloire pareille à celle de cet homme,

> Qui, plus grand que César, plus grand même que Rome,
> Absorbe dans son sort le sort du genre humain.

Il lui faut une gloire équivalente à celle-là, y compris le martyre si le martyre est nécessaire à la réalisation de cette gloire. Il a d'abord essayé d'effacer cette grande figure de Napoléon du souvenir de la France, mais, puisque ni lui ni personne ne saurait

y parvenir, il chantera celui qu'il ne pourrait pas
faire oublier. Ce sera son moyen de l'égaler, de le
dépasser peut-être. Homère n'est-il pas maintenant
plus grand qu'Achille?

Alors les odes, à la glorification de Napoléon, se
succèdent : odes à la Colonne, à Napoléon II, où se
trouve ce vers déjà trop oublié :

> Oh! n'exilons personne! oh! l'exil est impie!

Odes à l'Arc de triomphe, au retour des cendres
de l'Empereur, et tant d'autres. Lui, toujours lui.

Enfin, quand il est exilé à son tour, qu'il choisit
Guernesey qui sera son île d'Elbe d'où l'on revient
ou son île de Sainte-Hélène où l'on meurt, mais où,
quoi qu'il arrive, il aura été à part, seul, plus grand
dans l'horizon, comme il veut toujours l'être, que
tous ses compagnons d'exil; quand il sera dans cette
île où, si l'on ne vient pas exprès pour le voir, on
ne pourra plus jamais venir sans penser à lui, il
écrit ce livre sur Shakespeare, où il fait le dénombrement des éternels grands hommes, et il dit :

> La diminution des hommes de guerre, de force et de
> proie, le grandissement indéfini et superbe des hommes de
> pensée et de paix; la rentrée en scène des vrais colosses :
> c'est là un des plus grands faits de notre grande époque. Il
> n'y a pas de plus pathétique et de plus sublime spectacle;
> l'humanité délivrée d'en haut, les puissants mis en fuite par
> les songeurs, le prophète anéantissant le héros, le balayage
> de la force par l'idée, le ciel nettoyé, une expulsion majes-
> ueuse. Les traqueurs des peuples, les traîneurs d'armées,
> Nemrod, Sennachérib, Cyrus, Rhamsès, Alexandre, César,
> Bonaparte, tous ces immenses hommes farouches s'effacent.

Napoléon n'est plus, pour lui, que Bonaparte ; il n'aura été décidément qu'un sujet de poème. Voilà le poète, tout seul, entre la mer et le ciel, le voilà qui s'enivre d'ambition solitaire, qui se grise d'immortalité préventive, qui se croit le grand justicier du monde, le seul arbitre de la conscience humaine. Il n'est plus à Sainte-Hélène comme Napoléon ; il se voit, sur le Sinaï comme Moïse, sur la montagne comme Jésus, à Pathmos comme saint Jean ; il sait le mot de l'infini, il croit le savoir, il nous le dit :

Le moi latent de l'infini patent, voilà Dieu. Dieu est l'invisible évident. Le monde dense c'est Dieu. Dieu dilaté c'est le monde. Nous qui parlons ici, nous ne croyons à rien hors de Dieu. Dieu se manifeste à nous au premier degré à travers la vie de l'univers, et au deuxième degré à travers la pensée de l'homme. La deuxième manifestation n'est pas moins sacrée que la première. La première s'appelle la nature, la deuxième s'appelle l'art. De là cette réalité : le poète est prêtre. Il y a ici-bas un pontife : c'est le génie.

Il ne lui reste plus qu'à ajouter : « Le génie c'est moi. » Il ne le dit pas ; mais il commence fermement à croire que le monde le dira.

1870 arrive. Ses dernières convictions triomphent : il a donc eu raison de les avoir ; il a donc été le *vates* antique. Le trône croule, l'autel s'ébranle, la papauté chancelle, le vieux monde social tremble. Le poète qui a fulminé comme Junéval, qui a prophétisé comme Isaïe, rentre dans sa patrie avec ce chant héroïque :

Puisqu'en ce jour le sang ruisselle, les toits brûlent,
    Jour sacré,
Puisque c'est le moment, où les lâches reculent
    J'accourrai.
France, être sur ta claie à l'heure où l'on te traîne
    Aux cheveux,
O ma mère, et porter un anneau de ta chaîne,
    Je le veux.
J'accours, puisque sur toi la bombe et la mitraille
    Ont craché,
Tu me regarderas debout sur la muraille,
    Ou couché.
Et peut-être, en la terre où brille l'espérance,
    Pur flambeau,
Pour prix de mon exil, tu m'accorderas, France,
    Un tombeau.

La guerre finie, la paix faite, le poète devient l'idole de la foule. Il est écouté comme un oracle, acclamé comme un roi, fêté comme un saint. On l'appelle le Maître; on l'appelle le Père. L'anniversaire de sa première pièce est célébré au théâtre, l'anniversaire de sa naissance est célébré dans la ville. On donne congé dans les collèges; on accorde des grâces dans les prisons. Ceux qui admirent cet homme s'agenouillent; ceux qui ne l'admirent pas se taisent. Il semble convenu qu'on ne le discutera plus, tant qu'il vivra. C'est notre gloire nationale; il vit dans une acclamation incessante. Quand la mort le menace, la foule inquiète emplit sa rue. Des centaines, des milliers d'hommes et de femmes de ce peuple qu'il a exalté jusque dans ses erreurs passent la nuit devant sa porte; le monde entier demande des nouvelles. Sa mort est un deuil public. On interrompt les affaires; on suspend les études;

on jette un voile noir sur l'Arc de triomphe, ne pouvant le jeter sur toute la cité. Les « dragons chevelus », torches en mains, font la veillée du corps. L'immense murmure d'une population qui ne se couche pas remplace la prière de l'humble prêtre et berce l'âme du poète comme l'Océan a si souvent bercé son esprit et rythmé sa pensée. On écarte César pour lui dresser un autel ; on congédie une sainte pour lui élever un tombeau. Plus d'un million d'hommes font cortège ou font la haie au petit char des pauvres, dernière antithèse du poète, suivi d'énormes chariots chargés de couronnes dont le nombre et le poids useront les marches du Panthéon.

Et, pendant ce temps, je me rappelle que sept personnes seulement, dont j'étais, sont parties de Paris pour accompagner jusqu'au cimetière de Saint-Point l'auteur de *Jocelyn* et de la *Chute d'un Ange,* et que trente-trois fidèles seulement, dont j'étais encore, ont suivi jusqu'au Père-Lachaise l'auteur de *Rolla,* des *Nuits* et de l'*Espoir en Dieu.*

Victor Hugo était revenu de l'exil demander un tombeau à la France. La Patrie reconnaissante le lui a donné au Panthéon, cette fosse commune de la gloire, au milieu des ombres de Voltaire, de Jean-Jacques, de Mirabeau et de Marat, car leurs ombres seules habitent maintenant ces voûtes auxquelles les temps, qui ont leurs variations, eux aussi, ont repris leurs cendres. J'aimerais mieux voir l'auteur des *Voix intérieures* et des *Contempla-*

tions dormir son dernier sommeil là où les hommes ne viennent pas le troubler de leurs querelles ou le souiller de leur ingratitude : sur un rocher comme Chateaubriand, sous un saule comme Musset, ou mieux encore près de sa fille comme Lamartine; mais l'auteur de l'*Art d'être grand-père* qui mettait quelquefois de l'art où il n'en fallait plus, a oublié de dire, dans ce beau livre, qu'il voulait reposer auprès de ceux qui l'avaient aimé.

Jamais empereur romain n'a eu pareil triomphe pendant sa vie, jamais destructeur de peuples ou bienfaiteur des hommes n'a eu pareille apothéose après sa mort. Celui qui, à quinze ans, s'était juré d'être le plus grand poète de son temps et de son pays, a pu se dire qu'il l'a été; celui qui, plus tard, a conçu l'espérance secrète d'être le plus grand homme de tous les pays et de tous les temps, a pu vivre ses dernières année et sa dernière nuit en croyant qu'il l'était. Tout a concouru, contribué, conspiré à le convaincre qu'il avait réalisé son espérance superbe. C'était l'important pour lui. Quand un dévot meurt convaincu qu'il aura la béatitude éternelle, c'est comme s'il l'avait véritablement. Il y a là une minute qui équivaut à l'éternité, qui la contient peut-être.

Maintenant, que va-t-il advenir de cette œuvre immense, étrange, troublante, disparate, splendide, faite des matériaux les plus durs, les plus brillants, les plus précieux, les plus fragiles? Il en adviendra ce qu'il advient de toutes les œuvres de l'esprit humain. Le temps ne fera pas plus d'exception pour celle-là que pour les autres ; il respectera et affermira ce qui sera solide ; il réduira en poussière ce qui ne le sera pas. Tout ce qui est de pure sonorité s'évanouira dans l'air ; ce qui est fait pour le bruit est fait pour le vent. Mais il ne m'appartient pas de préparer ici le travail de la postérité. Il n'y a d'ailleurs à l'influencer ni pour ni contre ; elle sait son métier de postérité ; elle a le sens mystérieux et implacable des conclusions infaillibles et définitives. J'entends dire que beaucoup de pierres tomberont de cet édifice énorme, que quelques-unes tremblent déjà parmi celles qu'on croyait le mieux fixées. C'est possible ; c'est vrai. Mais cet édifice qui tient du temple grec, de la pagode, de la mosquée, du châ-teau féodal, de la cathédrale gothique, du bazar d'Orient, du palais de la Renaissance, autour duquel sont venues se grouper des chaumières de paysans, des maisons d'ouvriers, des masures de pauvres, cet édifice est si grandiose, si pittoresque, si bizarre, il se découpe sur le ciel de l'art en masse si puissante ; il a des cryptes si vastes où le vent fait des bruits si étranges ; il a des murailles si hautes flanquées de tours si imposantes, des colonnes d'un marbre si pur, des arcades si nombreuses, d'un entre-croisement si imprévu, des frises d'une ciselure si fine, des flèches si légères, si dentelées où tant d'oiseaux font leurs nids ; le bourdon de son énorme beffroi qui sonne l'Angelus ou le tocsin, le glas de la mort ou le carillon de la fête, est fait d'un métal si noble, emplit les airs de palpitations si majestueuses, éveille des échos si puissants et si prolongés dans les vastes plaines et les immenses forêts qui l'entourent et qu'il domine des hauteurs où il s'élève, qu'on se demande, par moments, si, comme dans les contes du moyen âge, Dieu ou le Diable n'a pas mis la main à la besogne.

Attendons. C'est le poète lui-même qui l'a dit :

> Voulez-vous qu'une tour, voulez-vous qu'une église
> Soient de ces monuments dont l'âme idéalise
> La forme et la hauteur ?
> Attendez que de mousse elles soient revêtues,
> Et laissez travailler à toutes les statues
> Le Temps, ce grand sculpteur !

Si l'on me demandait ensuite, le Temps ayant fait ce qu'il a à faire, comment l'avenir appellera Victor Hugo, je répondrais qu'il l'appellera, selon moi, l'auteur de la *Légende des siècles,* comme nous appelons Dante l'auteur de la *Divine Comédie,* comme nous appelons Balzac l'auteur de la *Comédie humaine.* Non pas que je réduise l'œuvre de Victor Hugo aux seuls poèmes qui portent cette dénomination particulière de *Légende des siècles,* mais tout au contraire, parce que, dans ce titre générique, je rassemblerais et ferais rentrer toutes les œuvres du poète, poésie lyrique et épique, roman, théâtre, histoire, philosophie, vers et prose. A mon avis, à mon avis seulement, quoi qu'il fît, même à son insu, Victor Hugo ne sortait jamais de la légende. Ses personnages ne sont ni dans la réalité de la vie, ni dans la proportion de l'homme ; ils sont toujours au-dessus ou au delà de l'humanité, quelquefois au rebours, pour ne pas dire à l'envers. Cela tient sans doute à ce que la nature a pour lui des aspects qu'elle n'a pour aucun autre. Son œil grossit tout ; il voit les herbes hautes comme des arbres ; il voit les insectes grands comme des aigles. L'inanimé a une bouche, l'invisible, des yeux. Nous sommes pris entre les voix de l'un et les regards de l'autre. C'est une évocation continuelle, c'est une vibration incessante, c'est un orchestre sans fin de harpes, de clairons, de flûtes que le Maestro dirige du haut du Thabor et auquel on dirait qu'il donne le *la* avec la trompette du jugement dernier. Il a nécessairement vu l'humanité dans les proportions de ce décor, dans le ton de cette symphonie, et il nous laisse des titans, des fantômes, des monstres, des ombres qui s'agitent, en silhouettes colossales, dans un monde à part, entre les contes de fées de Perrault et les visions d'Ézéchiel.

Quant à sa philosophie, elle est bien simple. A force de demander aux manifestations extérieures, aux rumeurs de l'Océan, aux bruissements des forêts, aux ombres des cavernes, au rayonnement des astres, aux chansons des nids, au silence des pierres, l'explication du mystère divin que sa religion traditionnelle ne pouvait plus lui donner, il a entamé avec la nature entière un colloque qui n'a plus cessé. A qui va-t-elle parler et qui va nous parler d'elle maintenant qu'elle a perdu son grand interlocuteur ?

Mais il s'est ainsi tellement identifié avec elle qu'il a fini par s'assimiler mentalement à son propre principe et par croire qu'il faisait partie de son éternité tangible.

Il ne se contente pas de la conception vague et abstraite de l'immortalité de l'âme ; il veut, après la mort, toutes les formes possibles à cette âme dégagée de la matière qui l'a contenue ici-bas, et il déclare devoir être encore dans ce qui est toujours, avec les sensations successives et progressives de l'être jusqu'à sa fusion totale en Dieu. Allez donc faire croire à un cerveau par lequel le ciel, la terre, les mondes, ont passé pendant soixante-dix ans, qu'il n'est pas contenu dans l'éternité des choses et que toutes choses ne sont pas contenues en lui ! Et, comme si l'antithèse devait suivre Victor Hugo jusque dans la mort, il trouve en vous, Monsieur, qui lui succédez, le système absolument contraire au sien ; et que vous avez hâte de disparaître dans le grand Rien, tandis qu'il se trouvait si bien dans la vie où il attendait glorieusement le moment de s'en aller dans le grand Tout. Qui de vous deux a raison ? Il y aura longtemps que nous n'affirmerons plus rien ni les uns ni les autres que l'on en discutera encore en ce monde. Lui, sait déjà peut-être à quoi s'en tenir ? Pourquoi ne peut-il plus nous le dire dans sa langue merveilleuse, parfois un peu obscure quand elle n'était qu'humaine et qu'il voulait tout expliquer, mais qui resplendirait aujourd'hui de la lumière éternelle dans laquelle, selon ses convictions, il devait aller se fondre sans s'y dissoudre.

Au lieu de croire dans l'univers, comme vous, Monsieur, à une simple série de formes qui s'engendrent les unes les autres et s'évanouissent aussitôt que formées, disparaissant dans une sorte d'éternel tonneau des Danaïdes que l'éternelle Nature renouvelle éternellement pour l'éternelle mort, il croit que rien ne se perd, que tout s'accumule et se combine lentement, invisiblement, mais sûrement pour l'entente universelle, pour l'alliance finale du ciel et de la terre. A mesure qu'il avançait dans la vie, il se regardait comme ne faisant plus partie ni moralement, ni intellectuellement, ni physiquement même de notre humanité courante ; il ne reconnaissait même plus la supériorité des éléments sur l'homme. Il se croyait de même source, de même essence, de même action. Ni les années, ni les saisons, ni le chaud, ni le froid, n'existaient pour lui, si bien que Zéphyre, jaloux, l'a traîtreusement frappé un soir de printemps, pendant qu'il se promenait dans son jardin, en compagnie d'un autre géant qui n'est pas loin de vous, Monsieur, à votre droite, et que le poète eût certainement chanté un jour comme il a chanté Eviradnus et Boos.

Quant à moi, après avoir passé, malgré d'autres travaux, plus de six mois dans l'intimité de cet esprit, qui n'a son pareil, en ce qui le caractérise, comme vous dites, dans aucun temps, dans aucun pays, dans aucune littérature, je me suis souvent demandé quelle place pourrait lui être faite dans la mémoire des hommes, qui répondît à peu près à ce qu'il représente sur la terre comme à ce qu'il a rêvé au-dessus, ambitionné au delà, qui symbolisât, pour ainsi dire, sur les hauteurs qu'il a atteintes, le rayonnement qu'il jette dans les nuées qui le voilent. Tout le temps que je le lisais, ou plutôt que je le relisais, que j'assistais à l'accroissement rapide et ininterrompu de ce génie étrange, mené, surmené quelquefois par une volonté sans repos et sans borne, il m'était impossible de perdre de vue la lumière de la petite lampe qu'on voyait briller, toutes les nuits, dans la mansarde de la rue du Dragon, à la fenêtre de l'enfant poète, pauvre, solitaire, infatigable, épris d'idéal, affamé de gloire, de cette petite lampe qui a été la confidente silencieuse et amicale de ses premiers travaux et de ses premières espérances si miraculeusement réalisées. Et je me disais : La postérité devrait rallumer et fixer éternellement dans la nuit cette petite lumière éclairant cette vitre. Pourquoi le premier de nos savants français qui découvrira une étoile nouvelle, ne donnerait-il pas le nom d'Hugo à cette étoile?